U0907971

景语心笺随吟集

——墨香情韵入诗篇

陈剑萍　著

上海文艺出版社
Shanghai Literature & Art Publishing House

图书在版编目(CIP)数据

景语心笺随吟集 / 陈剑萍著. -- 上海 : 上海文艺出版社, 2025. -- ISBN 978-7-5321-9365-3

Ⅰ. I227

中国国家版本馆CIP数据核字第20252SW916号

责任编辑： 徐如麒　毛静彦
特约编辑： 华　礼
出版策划： 唐根华
装帧设计： 邓小林

书　　名： 景语心笺随吟集
著　　者： 陈剑萍
出　　版： 上海世纪出版集团 上海文艺出版社出版
地　　址： 上海市闵行区号景路159弄A座2楼 201101
发　　行： 上海文艺出版社发行中心发行
上海市闵行区号景路159弄A座2楼 www.ewen.co
经　　销： 全国新华书店
印刷装订： 三河市中晟雅豪印务有限公司
开　　本： 889毫米×1194毫米 1/16
字　　数： 226,000
印　　张： 17.5
版　　次： 2025年9月第1版 2025年9月第1次印刷
I S B N： 978-7-5321-9365-3/I.7342
定　　价： 96.00元

敬启读者 如有印装质量问题，请与承印厂联系调换：13121110935

游子思家国　丹心寄诗篇

——陈剑萍诗集《景语心笺随吟集》序

胡永明

我和陈剑萍是多年的微信好友，却素未谋面。2019年8月，严国基在搜狐网以《让爱情诗花永远绽放》为题发布了我创作的八首爱情诗（https://www.sohu.com/a/331695423_120055295）。陈剑萍阅后想与我探讨诗歌音律问题，我们便建立了微信联系。2020年3月，陈剑萍应我之邀创作了《和好友<2016年中秋雨夜寄友>》的和诗与《黄叶》同题诗，我把这两首诗收录于文化发展出版社2021年版《永明诗》（ISBN：978-7-5142-3443-5）中，这成为她加入澳洲墨尔本作家协会的依据之一，我也因组织185人创作280首中秋和诗创了“个人组织参与人数最多的和诗活动”的《大世界基尼斯之最》（NO.05486）纪录，我们的友谊也随着《永明诗》被中国国家图书馆所收藏而得以保存下来。去年9月，陈剑萍想出版第一部诗集，严国基和我都推荐她通过出版家唐根华来出版。今年6月，唐根华又向陈剑萍推荐我来给她的新诗集《景语心笺随吟集》作序，陈剑萍和我一拍即合。我想对该诗集收录的360余首诗作，联系近六年来与她交流的情况，对陈剑萍其人其诗，向广大读者朋友们做个客观的介绍。

诗同其人。写诗的方法有一千条、一万条，最为重要的只有一条，那就是想要写出好诗，先要把自己锻炼成能够写出好诗的作者。一个人能否写出好诗，主要取决于两点：一是人生经历；二是知识结构。人生经历越丰富越有利；知识结构是由基础知识、专业知识和综合知识构成的。陈剑萍不但善于写诗，而且能够写出好诗。从人生经历来看，她既有在华奋斗的经历，也有旅澳生活的经历；既有在小学、中学读书的经历，也有在大学攻读秘书和会计专业的经历；既有在国营农场和国营企业工作的经历，也有创办实体企业的经历；既有从小结缘诗歌和爱看经典、爱写诗文的经历，也有在工作中采写、报道、播音和管理图书馆的经历，故她的经历要比一般人丰富得多，经受的历练也要比一般人多得多。从知识结构来看，陈剑萍自学过语法、修辞，文字基础扎实；她研究过古今诗歌和汉语韵律，具备创作诗歌的专业知识；她酷爱读书，尤其爱看世界名著，加之经历丰富、爱好广泛，故她的知识面颇广。陈剑萍除了有丰富的人生经历和良好的知识结构，创作诗歌最大的优势还在于她已把自己与诗歌融为一体，把诗歌当生命，所见所思皆成诗。陈剑萍的诗歌有诸多可取之处，主要有以下几点是值得大家学习借鉴的：

一、把“家国情怀”铸成诗魂

陈剑萍生在新中国，长在红旗下，长期在上海读书、工作和创业，后来为了与家人团聚定居澳大利亚。她热爱党，热爱祖国，热爱故乡和亲人，这种“家国情怀”成为了她创作诗歌中不变的诗魂。

陈剑萍歌颂党。如她在中国共产党建党节创作的《永恒的光辉形象》中写道：

你像高悬苍穹之上的太阳
在寰宇之间耀出绚烂光芒
给世界带来一片光明
给人们带来无限希望

……

党啊！今天是你的生日
我要用无限深情把你歌唱
我要用手中的笔描绘出
你在我心中永恒的光辉形象

诗人满怀深情地把中国共产党比做普照大地的太阳，颂扬党给世界带来光明、给人们带来希望，表达了她要纵情歌唱和描绘，唱出、画出党在她“心中永恒的光辉形象”。

陈剑萍歌颂祖国。如她在《祖国，镌刻于心中》中写道：

我愿幻作天际的绮云
携着悠悠念想，漂洋过海去远方
冲破朦胧雾幕，穿越层峦叠嶂
掠过浩渺无垠海洋
向着我的祖国——中国翱翔

……

啊，亲爱的祖国，我深深地眷恋着你
眷恋你如慈母般温暖宽广的胸膛
眷恋黄河奔腾、长江浩荡的磅礴力量
眷恋山川湖海勾勒的如画风光
眷恋你日新月异、蓬勃发展的新貌新妆

诗人作为海外游子，真是身在澳洲、胸怀祖国。她时时刻刻都在思念着亲爱的祖国，虽然自己并不能想回国就回国，但她愿意化作一朵“绮云”，“漂洋过海”回到“深深地眷恋”着的祖国。

陈剑萍思念故乡。如她在《习画心途》中写道：

我叩问自己
何时能绘出灵动的彩莺
展开绚丽的羽翼
飞过山川，穿过云翳
携着我的思念与情意
飘向故乡的江南水堤

诗人即便是在学习绘画的过程中，都想着“何时能绘出灵动的彩莺”，并且期盼这只画中的“彩莺”真的能“展开绚丽的羽翼”，“携着我的思念与情意”回到她朝思暮想的故乡。

陈剑萍思念亲人。如她在《柿树父母情》中写道：

树上的枝叶啊，
轻柔摇曳着父母深情目光，
热烈舒展着父母殷切期望。
发出的清脆声响，
恰似父母笑声在空中回荡。

诗人思念已故的父母，看到“柿树”就仿佛看到了父母的音容笑貌。

二、传承“诗言志”和“诗缘情”的优秀传统

我国自古以来就有“诗言志”和“诗缘情”的优秀传统，这种传统也在陈剑萍的诗歌创作中得到了充分的体现。

陈剑萍善于赋诗言志。如她在《愿化露珠，无悔人生》中写道：

若生命如露珠般短暂
为了人间美好的瞬间
我也愿倾尽所有奉献
将微光融入岁月的长卷

诗人先把自己假设成“露珠”，表达了即便自己像“露珠”般渺小、短暂，“我也愿倾尽所有奉献”，为的是“将微光融入岁月的长卷”。这里“露珠”“微光”的渺小与“岁月的长卷”的宏大和长远形成了鲜明的对照，并且凸显了诗人是要在“岁月的长卷”中发光的崇高理想。

陈剑萍善于赋诗抒情。如她在《如果有那么一天》中写道：

如果有那么一天
我们两鬓霜染，步履蹒跚
仍在这纷扰尘世间
你可还会如当下所言
十指相扣，永不放远？

如果有那么一天
年轮爬满掌心的褶皱

沟壑镌刻岁月的沧桑
能否依旧相看不厌，爱意绵长？

如果有那么一天
双眸浑浊，难觅明亮
嗓音沙哑，失却清婉
身形佝偻，不复飒爽
能否互为彼此的拐杖
携手走过，每一寸时光？

……

如果真如传说所言
轮回之中自有前缘
我们能否在人潮万千
再度邂逅，再度相恋
续写今生未尽的情缘？

这是诗人创作的一首爱情诗，写得感情真挚、感人肺腑！

三、用丰富新颖的意象组合创造诗意

陈剑萍深知“形象生动”对于写出好诗的重要性，故她不论写具象还是抽象，写入诗中都是形象，寄予自己的思想感情就成了意象。她很有想象力，善于运用形象思维创作出各种意象，用丰富、新颖的意象组合来表达自己深沉的或瞬间的思想感情，增强了诗歌的艺术性和启示性。

如她在《愿世界一切都美好》中写道：

假如是一条路，
愿它五彩缤纷，洒满晴光，
不愿乌云蔽日，荆棘成障。

假如是一条河，
愿它清澈见底，碧波荡漾，

不愿污泥翻卷，浊波涌荡。

诗人在诗中用了“路”与“河”等多种意象，既正写也反写，形成强烈对比，更好地描绘了美好的世界应是一种怎样的世界。

又如她在《当我老了》中写道：

当我老了
改变的是风雨沧桑的容颜
而不变的心依然是阳光灿烂
天真无邪像孩子一般
一片纯净善良的温情暖心田

诗人知道自己会慢慢变老，想着自己老了以后会怎么样呢？她不是抽象地写自己老了以后会孤独、会怀旧、会忧伤等等，而是用形象来描述，即改变的是饱经沧桑的容颜，不变的是阳光灿烂的心灵，老了还是像天真无邪的孩子，只要有“一片纯净善良的温情”就能永远温暖自己的“心田”。

四、用合适的修辞增添诗艺

陈剑萍研究过修辞，在创作诗歌中会有意识地运用各种修辞手法来增添诗艺。

陈剑萍善用比喻。如她在《初画寻艺》中写道：

指尖轻捻画笔
仿若握住通往画境的神秘钥匙

诗人把“画笔”比作“通往画境的神秘钥匙”，这个比喻新颖巧妙又恰到好处。

又如她在《无名野花韵》中写道：

红绡裙迎风招展
恰似少女舞霓裳

诗人先把野花比作“红绡裙迎风招展”，进而比作“恰似少女舞霓裳”，从而形成了叠加式的比喻和递进式的比喻，起到了化平淡为生动的效果。

陈剑萍善用比拟。如她在《夜深沉情绵长》中写道：

把夜当作，
最懂我的伙伴

“夜”本是自然现象，把它当做“最懂我的伙伴”是拟人的写法。

又如她在《山村春晚》中写道：

离乡数载今重至
簇簇春花笑相迎

“春花”是物，“笑相迎”是人的行为。“春花笑相迎”是拟人的手法，凸显了诗人“离乡数载今重至”的喜悦之情。

陈剑萍善用对仗。如她在《梅苑仙缘》中写道：

晨曦初照染红衣，
薄雾轻笼绕翠枝。

诗人用“薄雾”对“晨曦”，用“轻笼”对“初照”，用“绕翠枝”对“染红衣”，构成了三组词性结构相同的工对。

又如她在《枫林情》中写道：

雨如珠玉响苔径
风似弦歌绕石泉

诗人用“风似弦歌”对“雨如珠玉”，用“绕石泉”对“响苔径”，是实词对实词、虚词对虚词，名词对名词、动词对动词的工对。

陈剑萍善于连用修辞手法。如她在《情寄紫枫》中写道：

秋风似呜咽的琴弦
瑟瑟声传向枫林
一枚紫枫叶
宛如紫蝶在空中翩跹

诗人先是把“秋风”比作“呜咽的琴弦”，继而把秋风中的“紫枫叶”比作“紫蝶”，这是连用比喻的手法，并分别用“瑟瑟声传向枫林”和“空中翩跹”等来增强形象的生动性和感染力。

又如她在《紫海凝香 情寄薰衣草》中写道：

美丽的你一排又一行
在湖边悠长的曲径上
把如梦似幻的色彩绽放
散发出幽幽醉人芳香

“色彩”只能展现，蓓蕾才能“绽放”。把描写花开的“绽放”用来描绘“色彩”是一种变形的修辞，用“色彩”代“鲜花”又是借代手法。诗人只用了“色彩绽放”四个字就包含了两种修辞手法，而且用得自然而不露刀痕斧迹。

陈剑萍运用的修辞手法还有很多，就留待读者阅读时鉴赏吧。

五、用优美的文字和韵律提升诗美

陈剑萍创作诗歌的形式包含了新旧体诗，新体诗以自由诗为主，也有现代格律诗的句式；旧体诗以五言、七言齐言体为主，也有三言、四言、六言、八言齐言体和杂言体；她创作诗歌的题材非常丰富，花草树木、飞鸟虫灵、山河湖海、日月星云、春夏秋冬、风雨雷电、节日节气、思想感情等等皆可为诗。正如她在《恋诗》中写道的：“睁眼触诗，阖眸梦诗/行途念诗，握笔赋诗……”对她来说所见所闻、所思所悟皆是诗。对于怎样才能写好诗，她在《恋诗》结尾处写道：“欲书妙诗，必先品诗/研阅古诗，参详名诗/方能悟诗，再著佳诗”。这是她学诗、写诗的经验之谈。

陈剑萍知道作为文学皇冠上的明珠，诗是美的，不仅要形象美，连使用的每一个文字都是要美的；不仅要意境美，连诗中的每一个韵律都是要美的。

陈剑萍写诗文字优美。如她在《扬帆起航 不负时光》中写道：

我驾心灵小舟起航
驶向苍茫人间的汪洋

陶醉大自然旖旎风光

赏碧水映霞影，醉流云沐月芒

观海棠携雨舞，见春风拂絮扬

从这些诗句中，我们不难看出诗人的文字功底是坚实的，写诗时在“炼字”“炼句”和“炼意”上是下足了功夫的，用文字的美感托起了诗意的美感。

诗人还有一种颇见功力的写法，就是用文字描写的形象说话。如她在《与风说话》中写道：

我从来没有见过你

只是当海水卷起千尺雪浪

湖面叠成鱼鳞纹涟漪荡漾

才知道 那是你在狂欢曼舞

诗人写“风”，诗中却不用“风”字，只用“风”使湖海产生的变化写“风”，这种用形象说话的诗句是别有情趣的。

陈剑萍写诗韵律和谐。如她在《幸福》中写道：

我心中的幸福就是

沉醉于诗画的梦幻

……

执笔书就婉约的诗笺

挥毫绘出心中的画卷

……

微笑着将每个朝暮

都酿成岁月的诗篇

这是一种“自由诗和现代格律诗相结合”的写法。诗中“我心中的幸福就是/沉醉于诗画的梦幻”和“微笑着将每个朝暮/都酿成岁月的诗篇”都是自由诗的句式，“执笔书就婉约的诗笺/挥毫绘出心中的画卷”是现代格律诗的句式。这种把自由诗节奏自然变化与现代格律诗节奏规则变化相结合的写法，形成了两种现代诗体的节奏在同一首诗中的交替变化与和谐共存。

又如诗人在《心中的愿望》中写道：

祈愿明天
做一个逍遥自在的人
读书、作画、赋诗
沉醉于浩瀚的文学乾坤

这是一种“新体诗和旧体诗相结合”的写法。“读书、作画、赋诗”二言和“祈愿明天”四言是旧体诗的句式；“做一个逍遥自在的人”是自由诗的句式，但“做”又是旧体诗词中“一字领”的写法；“沉醉于浩瀚的文学乾坤”则是纯新体诗的句式。这种把旧体诗的节奏与新体诗的节奏相结合的写法，赋予了诗歌更为丰富与和谐的音乐性和乐感美。值得注意的是诗里“文学乾坤”中的“乾坤”二字用得非常好，可谓是大气磅礴。

陈剑萍创作的诗歌节奏感都很强，绝大多数是有韵诗，注意用和谐的节奏与回环的韵效形成诗歌美妙的音乐性。她也对创作无韵诗以及把无韵诗在不改变意境的前提下改为有韵诗做过一些有益的探索与实践。

陈剑萍的诗歌感情真挚、形象生动，是诗人心路历程的真实写照。她的诗歌通俗易懂、雅俗共赏，适宜于阅读和朗读。尤为重要的是，陈剑萍较为全面地传承了中华旧体诗和新体诗的两种优秀传统，她的诗歌对于研究当代诗体、诗艺和诗学等在基层诗人群体中的现状和发展具有一定的意义，这也使她的诗歌具有了鉴赏和研究的双重价值。

（作者是上海市作家协会会员、中国诗歌学会会员、联合国签约诗人，上海市老干部金秋文学社社长；创造过中国诗歌发展史上两项纪录，是上海辞书出版社2015年版《诗歌创作手册》和2024年版《通用规范汉字诗声韵（新版）》的编著者。）

目 录

第一辑　景语心光集

扬帆起航不负时光 003
光 003
孤独 004
暮景咏情韵 005
暮色抒怀曲 005
黄昏之美 006
城堡 007
安静 007
诗，我的情人 008
夙愿 009
景中情思意深长 010
尘世相逢，唯愿你我安然 011
走向前方 012
一颗飘零的心 013
心灵殿堂 013
喜欢大自然风光 014
习画心途 014
静谧的夜 015
紫地毯 016
幸福 016

心境 …… 017
陶醉 …… 018
当我老了 …… 019
心灵赴约 …… 020
如果有那么一天 …… 020
幸福的小窗 …… 021
初画寻艺 …… 022
诗情画意 …… 023
云天水墨舟行图 …… 023
望北归雁 …… 023
闻声见景，情涌诗笺 …… 024
痴吟 …… 024
夜深沉情绵长 …… 024
人间最美五月天 …… 025
心中的愿望 …… 025
深海之鱼尘世之人 …… 026
愿世界一切都美好 …… 027
梦中的伊甸园 …… 028
让我聆听你隔世的绝唱 …… 029
心弦 …… 029
冬季的草原 …… 030
草原，我梦中的诗行 …… 031
萌动了想去草原的愿望 …… 031
美轮美奂的大草原 …… 032
爱的内涵 …… 033
恋诗 …… 034
天上什么最美丽 …… 034
我似一颗孤寂的寒星 …… 035
愿化露珠，无悔人生 …… 035

第二辑　花间情韵

紫海凝香情寄薰衣草 039
夜来香语诗意守望 039
山坡上的金色花 040
荷韵浪漫 040
荷韵绮梦 041
荷韵情绵 041
荷畔怅惘　君心何方 042
花颜易逝心光永恒 043
无名野花韵 044
野百合的心语 044
飘零的小花 045
紫花恋曲 045
紫陌花间情思悠 046
最后一朵白玉兰 047
龙舌兰之情 047
晚香玉之涅槃传奇 049
梅雪绮梦 050
梅苑仙缘 050
蓝花楹风雨情 051

第三辑　树韵叶情草诗集

一棵孤独的树 055
结缘桉树度流年 055
美丽的红槭树 056
红槭凋零感怀 057
心中的紫薇树 057
秋末 057
冬季 057

春季……057
夏季……057
紫薇树下的乡愁……058
情洒秋枫……058
秋山红枫伴梦思……059
枫林情……059
凄美紫枫叶……059
情寄紫枫……060
秋山枫韵寄情绵……061
柿树父母情……061
我是一棵小小草……062
飘零亦芳华……063

第四辑　飞鸟虫灵集萃

翠莺瞬飞引遐思……067
孤鸦……067
翡翠鸟……068
老鹰……068
鸟欢人伤感……068
观鸟……069
飞往天堂的鸟……069
蝶谷情笺……070
鹰之重生……071
我和孤鸟……073
梦萤流光引遐思……073
我是一只小萤虫……074
孔雀赋……074
雪雁……075
勇敢的鸽子……075

第五辑　山

醉山幽情恋……079
南山情……079
心系南山……080
咏泰山……080
醉山吟……081
暮山友聚醉忘尘……081

第六辑　日华星影月魂诗萃

情洒日月……085
望月……085
月夜乡念……086
望月遐思……086
月夜抒情思……087
情洒望月诗成行……087
流星……088

第七辑　云涯海韵集

我似一朵云……091
望云寄情……091
云雨……091
遥问云雨……092
画云心境……092
与云说话……093
海与人海……093
望海听风幻想……094
与海说话……094

浪花飘飞……095
珊瑚和礁石……096
海浪赋……096
海水韵……097

第八辑 春

早春美……101
早春芳情悠……101
一路芬芳踏春光……101
华北四月春光美……102
山村春晚……102
祖国之春美景如画……102
初春……103
春之图……103
春景……103
江南之春……104
春天飞花……104
江南春画……104
踏春醉美景……105

第九辑 秋意凝诗韵

雅拉河暮秋行吟……109
秋暮幽遐……109
秋山景……110
恬静的秋……110
素秋逸曲……110

第十辑　琼花梦影入诗笺

雪花情缘……115
望雪抒情……115
美丽的冰河雪……116
雪……117
梦中的雪花……117
雪花赞……118
我是一朵小雪花（童话诗）……118

第十一辑　风语雨情诗萃

与风说话……123
风雨过后是彩虹……123
雨后秋景……124
烟雨情丝……124
雨霁……125
秋雨纷飞……125
风雨……125
秋雨悲悯……126
风雨中信念……126
雨中的花园……126
雨之情……127
雨……127
春雨……127
雨霁遐思……127
雨中漫步与风雨同行……128
祈雨与忧雨……128
祈雨……128
忧雨……128
夜雨……129

雨天 129

第十二辑　故园心韵集

老屋深处的温柔时光 133
乡恋 134
思乡 134
远方 135
寂静的平安夜 136
忆江南 136
回忆中遐想 137
我的乡恋 138
离乡之舟 138

第十三辑　兰心雅颂赞芳华

女知青之歌 143
旗袍佳丽美在春 143
绣影花中情 144
春景入绣笺 144
绮锦绣云 144
望景抒怀・母亲三八节快乐 144
母亲，我爱你！ 145
美丽的母亲 145

第十四辑　诗韵中的节日雅集

天涯咫尺共迎新春 149
祖国，镌刻于心中 149
师如星霞耀四方 150

永恒的光辉形象 151

第十五辑　清韵诗中祭

梨雨清明祭念长 155
祭祖 155
祭妻 155
祭夫 155
清明泪 155
忆父亲 156
忆母亲 157
岁至清明 158
晴雨清明寄哀思 159
垂杨梨雨祭清明 159

第十六辑　灵犀浅悟集

青春之路 163
坦然 163
距离 164
信念 165
奔赴 165
独来独往 166
昨天明天和今天 166
人海 167
幸福 167
心灵对话 167
梦想与理想 168
自勉 168
浴火 169

门闭，窗启……169
修禅……169
沉默……170
鉴诗省思……170
悟淡……171
福与祸……171
幸福与忧伤……172
友谊……172
灵魂倾注，文字生光……172
成功和人品……173
勇士……173
人生路……173
真实……173
乐与非乐……174
伤害……174
创作者……174
置身世界感悟生命……174
人生随想……175
夕阳之路……176
人生选择……176
余生，何往？……178
踏实走过每一天……178
耕耘与收获……179
苦之悟……179
假若……180
路……180
自诫诗……180
论作品品鉴……181

第十七辑　爱与友情的诗艺凝萃

爱的交响……185
爱之泪……186
爱之语……186
爱寻尽头……187
等你，在黄昏……188
爱的感应……188
笛音飞空谷浮云不了情……189
爱的盲区……190
爱的情深意重……191
望云雪诉心语……192
（一）……192
（二）……192
天意……193
空……193
鹤的纸船……194
花园雨中情……195
紫韵恋歌……196
灵魂伴侣……196
（上）……196
（下）……197
独悲……198
无奈……198
没有星月的夜晚……198
邂逅……199
情深意重……199
爱……200
顿悟——诵中写诗……200
相伴永恒……201
七夕情……202

望月幽思……202
鹊渡情牵……202
两颗舞动的心……203
牵手……203
千万次地问……204
晚霞与古琴……204
琴瑟和鸣……205
心中的雨巷……206
今夜……206
湖畔念远……207
我愿……208
湖岸寄思……208
情深深意浓浓……209
痴情的蓝蝴蝶……209
海滩上的画……210
勿忘曲……211
情系星月云水……211
思念……212
痴情……212
不问归期只问深情……213
月照相思悲无穷期……213
苦恋……214
痴……214
痴恋……215
问……215
人无来生缘……216
“饮鸩止渴”的爱……216
念时见影……216
予你……217
念你心曲……218
愿是你落日的霞红……219

昙花一现终成空 219
待卿长发折腰 220
守望 220
愿 221
月亮泪 221
天边有诗和远方 222
爱有天意 223
太阳情月亮泪 224
永恒之爱 224
杨柳青年画引幻梦 225
月圆空守 226
月夜 227
月圆 227
圆月却无月亮 228
寂寞花开在圆月 228
未知之问 228
缘 229
红豆 229
独坐观情鸟 230
问相思 230
情在圆月下流淌 230
伤心的银色小船 231
天涯何时相聚欢 232
泣朱顶红 232
问情缘 232
梅花说 233
你曾来过她的世界 233
思 234
谢谢你来这个世界 234
月语心愿 234
浪花飞 235

友谊穿越时空 235
你在那里 236
愿 236
辰歌赠故知 236
飞向远方 237
你似人间四季天 238
心距超越远距 238
春吟 239
初冬歌 239
秋悲 239
夜雨晨忧 239
秋忧 240
望夏鸟引愁思 240

第十八辑　微语三行映心集

秋枫情 243
冰心 243
惜别情 243
花魂 243
画枫情 243
飞鸟情 244
共存 244
众鸟一瞬飞 244
仰望星空 244
搏 245
两败俱伤 245
我打碎了夕阳（二首） 245
其一 245
其二 245

深秋的诗人（四首）……245
其一……245
其二……245
其三……246
其四……246
诗……246
禁锢……246
愿……246
铺路人……247
奠基石……247
笑中刀……247
错位……247
叹……248
迷思……248
拒之罚……248
拒后局……248
难悟……248
缘遇……249
织安……249
文思困旅……249

后记……250

第一辑　景语心光集

陈剑萍　作

扬帆起航不负时光

题记：

人一旦踏上生命之旅，不管是顺境还是逆境，都要坚强、勇敢地行走。犹如一只小船行驶茫茫大海，不管是顺风还是逆风，都要前行，直至消失。

我要驾舟扬帆起航
为了追逐美好梦想
航行在浩瀚无垠的海洋
望海鸥天际翱翔
看波涛如雪，翻涌成银浪

雷鸣电闪，雨骤风狂
稳握船舵，不必惊惶
暂且驶入，宁静海港
待雨霁天晴，彩虹悬于穹苍
再次起航，驶向心中的远方

我驾心灵小舟起航
驶向苍茫人间的汪洋
陶醉大自然旖旎风光
赏碧水映霞影，醉流云沐月芒
观海棠携雨舞，见春风拂絮扬
阳光灿烂时，不负美好时光
迷雾重重中，不失前进方向
哪怕征途坎坷，磨难如棘阻挡
也永不言弃，那一生的梦想

光

题记：

对于我来说，精神支柱非常重要，它来源于心中拥有的一道道光。

我心中有一道光
它是那么清丽明亮
犹如盛开的海棠
在它的世界里徜徉
柔情就会在心海荡漾

我心中有一道光
它是那么纯洁无瑕
犹如天山的雪莲花
在它的世界里吟唱
虔诚就会释放清光

我心中有一道光
它是那么绚烂夺目
犹如天边火红的晓阳

在它的世界里遐想
就会梦见自己展翅翱翔
飞向想去的远方

我心中有一道光
它是那么宁静柔美
犹如皎洁的月亮
在它的世界里疗伤
悲情就会转为安详

我心中有一道光
美好到一生难忘
那是友谊之花在绽放
不管是天涯还是海角
都会心有灵犀共赴前方

如果有一天
这一束束光
在我心间倏然消亡
我会黯然神伤
生命似被抽去希望
灵魂消散在雾霭中央

孤独

孤独的太阳
缓缓升起
徐徐落下
巨大能量
让天地万物生长
金色之光
将整个世界照亮

孤独的月亮
遨游太空之上
柔柔月光
给夜幕中的山川大地
披上神秘纱装
引无数人
生出无限深情的联想

孤独的寒星
镶嵌在天幕之上
无人知晓它的名字
更不知它去往何方
可它却在星河里
闪烁着璀璨光芒

孤独的灯塔
矗立在海面之上
迎狂风又破巨浪
在漆黑的夜晚

射出一道道亮光
为夜行人指引着航向

孤独的人
行走在茫茫人海
阅尽人间沧桑
历经悲欢过往
在寂静的空间里
修心养性沉淀思想
只求闪烁一丝柔光

太阳与月亮，孤独于世界的无双
灯塔，孤独于为了神圣的使命而守望
寒星与凡人，孤独于行走在自己的轨道上
在岁月长河里，他们各自闪耀着独特的光芒

暮景咏情韵

题记：

晚夏的一天黄昏，我走过美丽的湖畔，穿过幽静的小树林，来到广袤的草地上。视野宽阔，可观四方。

白鹅悠闲，游水碧湖。
小路静谧，凉风微拂。
草地广袤，夏草轻舞。
群树碧绿，伫立远处。
天空浩渺，云海飘浮。

西边霞云，绚烂一片。
斜阳酡红，直射双眼。
东面云彩，丽色相间。
浅紫淡蓝，静美画面。

东西云海，形态迥然。
同时出现，无垠穹天。
恰似人生，变化多端。
同时生存，复杂人间。

一群白鸽，掠过眼帘，
羽翼翩翩，划破长天。
就在瞬间，欲想成仙。
飘飘悠悠，穿越云端，
飞向远方，心灵彼岸。

暮色抒怀曲

走在美丽湖畔
看白鹅碧水游荡
走进幽静树林

任凭野风吹拂脸庞
漫步青草地上
闻秀草散发的清香

抬头仰望穹天
云山起伏呈现波浪
东云紫蓝完美融合
犹如彩墨晕染一样
西云变成一片红海
源于斜阳闪烁光芒

东西云海迥然相异
同时出现寥廓穹苍
就像不同的人和物
同时生存在世界上

白鸽出现在眼前

优雅地飞过身旁
就在那一刹那
好想化作神仙
轻盈飘入云端
飞到心中的远方

黄昏之美

我喜欢在黄昏的路上
到幽静的树林里徜徉
缓缓西下的斜阳
虽然被群树遮挡
却掩不住灿烂的光芒

我喜欢在黄昏的路上
看雨霁彩虹悬挂穹苍
抛却万千念想
静静地把七色拱桥欣赏

我喜欢在黄昏的路上
看鸟儿觅食碧草中央
然后展开一双翅膀
向蔚蓝的天空飞翔

我喜欢在黄昏的路上
看两排小树挺立路旁
四季变换着不同服装
神奇得足以令人遐想

我喜欢在黄昏的路上
听风吹来的不同声响
看树顶弯弯小枝叶

似翠玉裁就的舞裳
迎着风翩翩起舞欢畅

我喜欢在黄昏的路上
哼着歌走向梦的海洋
让温柔暮色霞光
永远照亮心房

城堡

题记：

兜兜转转大半辈子，心已淡然。觉得在自己喜欢的世界里，静心养性那该多好，又觉得学做一只“古井之蛙”也不错。

一座城堡
住着安静人
遥想树畔古井幽幽
井底有只青蛙
它很满足
因为它的世界
无人打扰

一座城堡
迎来众鸟
有的悠闲觅食
有的展翅翱翔
有的自由鸣叫
因为它们的世界
无人干扰

一座城堡
开着四季花
春有薰衣草
夏有蓝花盈
秋有枫叶飘
冬有白丝兰
散发各自香味
却不互相侵扰

一座城堡
主人想把知音邀
一起看晨曦日落
一起观拍岸惊涛
一起把人生探讨
奈何知音难觅，似在云里飘

安静

题记：

走过人生风雨历程，回眸一

看，曾有过美好的青春，也有过艰苦奋斗的岁月。如今回归家园，心已淡然，并且发现自己越来越喜欢安静。喜欢静静地习画，静静地读书，静静地写诗……

我喜欢安静
安静到远离尘嚣
静享一座心灵城堡
静看花开花谢于四季
似乎忘记了自己
是人间的一分子

我喜欢安静
安静到在细雨中站立
遥望天边的绮彩云桥
慢慢消失于眼底

我喜欢安静
安静到痴迷于山水画里
看见云雾从宣纸上升起
青松在峰峦间傲然挺立
石壁飞虹直下谷底
山坡小花娇艳美丽
时间在笔墨里飞逝

我喜欢安静
安静到只在大海面前
心水才会清澈见底
才会诉说一切而毫无顾忌
只因海有宽阔的胸怀
均可容纳每一颗水滴

我喜欢安静
安静到在树林里
听出鸟叫声的迥异
在花园和小路上
任凭凉风身边吹起
在辽阔的大海边
看排浪翻滚而来又消失

我喜欢安静
安静到独坐一隅
醉在墨香书海的涟漪
寻觅灵魂归处的栖息

诗，我的情人

题记：

我酷爱写诗，它已经渗透我的灵魂深处，让我的人生不再有孤独之感！诗它像广阔无边的大海，容纳我所有的情和爱，容纳我所有的喜乐和悲哀，只有在它的怀抱里才可以畅游！

我走在幽静小路上
望西边霞彩如浪
听小鸟林间清唱
看芦影风中轻晃
嗅玉兰暗送幽香
我想起了你
心海柔情荡漾

我独坐细软沙滩上
面朝碧波浩渺汪洋
看鸥鸟逐云高翔
听浪击礁岩声铿锵
我想起了你
诗意漫溢心房

我漫步蜿蜒山路上
见青松傲立险崖如桩
闻野花暗洒清香
听溪歌一路欢畅
望飞瀑织彩飞扬
我想起了你
愿共享这山色风光

我伫立庭院小径旁
仰望银河深邃幽长
看冰轮穿云徐往
听树叶迎风轻唱
我想起了你
盼与你共沐月辉长

瞧纸笺上墨痕成行
聚满我喜怒与哀伤
盛载我深情与热望
诗，你是我的情人
此生幸得你相傍
灵魂不再惧孤凉
待岁月尽头同赴星云长

夙愿

题记：

在热闹非凡的群体活动中，面露淡淡微笑，静静观赏、聆听、学习，独坐一隅的人便是我。在众星拱月的群体中，静静地取长补短，不擅长说好话的人便是我。

纵观古今中外名人，大凡都有坚强后盾支撑着。有才华的平凡人，大都湮灭在岁月长河里，无人知晓，更何况自己只不过是沧海一粟。所以，看淡一切，不必过度、过累，把余生有限的时间，去争“荣誉”和炫耀自己。

我常常对自己说，不争并不代表对生活抱着一种消极态度！而是在看透一切事物本质后，默默地做自己喜欢的事。即使心中的夙愿，如一座陡峭的山峰难以攀登，也要努力去攀登，不枉此生！

我喜欢把情感和对爱的执着，投入到大自然的一景一物中。明知人不懂虫意、花情、水语，却借景、托物言志、言爱！写成诗！

有一只漂亮金虫
明知爬不到山顶
却离开群体
在蜿蜒的山路上爬行
不怕荆棘和道路泥泞
只是为了美好憧憬
爬上险峰看旖旎风景

有一朵洁白雪莲
明知孤松已忘前世缘
却依然绽放它的面前
风中摇曳翩跹
雨里伤心泪潸
只因自己是痴仙
为了一世爱的诺言
默默开在峭壁山巅

有一条深山小溪
明知人们不会注意
却日夜奔流不息
阳光折射下闪烁彩珠熠熠
月影婆娑里婉唱梵音清丽
是否为了倾诉小溪的情意
让清澈之水滋润贫瘠土地

有一个孤独努力的凡人
明知岁月沉浮将成云烟
却行走人世沧桑的尘间
看见光鲜圈内闪着黑眼
感到迷茫转而一笑释然
就这样年复一年又一年
只是为了心中唯一夙愿
将纯美文字镌刻于诗篇

景中情思意深长

云天似湖海般悠长
雪白波纹翻涌于上苍
浅灰色犹如画家泼墨

晕染天空连绵起伏的云岗
云笔绘就的一对风筝
于碧空里悠然自在地飘荡

绿草散发缕缕甜香
小花风中轻舞摇荡
翠鸟在树丛间欢鸣歌唱
我最爱在幽静的小路上
一边漫步一边将美景欣赏

乌云如墨突然翻涌眼前
苍天瞬间变得灰暗一片
细雨如丝缠绵不断
心乱如麻糟糕不堪

撑起紫伞
走在雨点密集的路上
斜风携雨打湿了衣裳
在这不悦之中
思绪却飘向了过往

人生的路已走过大半
风雨常相伴浮沉总纠缠
创业的艰难如巨石压肩
困境似荆棘满途让人历经考验
故一切都该学会心平气和地看淡
笑容重又在脸上浮现
索性把这雨景细细赏玩
草更青花更艳
小鸟的叫声愈发婉转
雨点打在紫伞上
宛如琴键弹出和谐的音弦
这长长的雨路
竟觉得如此短暂

尘世相逢，唯愿你我安然

题记：

在人生旅途中，每日皆闻为人处世之理。有时候也会噩耗传来，挚友溘然长逝，令人悲痛。然而尘世喧嚣，纷争暗涌，残酷现实与理想之境常相背离，令人唏嘘。

常以“见贤思齐焉，见不贤而内自省也”自勉，深知世间相逢皆为缘法，唯愿惜缘，彼此安好。过往之事，无论悲喜，皆应学会释怀，方能心宁。

悠悠云絮，漫舞碧穹间
行行翠木，静立幽径边
茸茸嫩草，巧缀繁花畔
翩翩紫燕，欢啼林梢巅

我于暮春的傍晚缓行徐盼
夕晖勾起往昔，如影片逐帧回演
嘴角噙着一抹笑意看似神安
心海却似细波泛起漪涟
尘世影迹，于脑海缱绻缠绵

惊闻挚友，奔赴黄泉
心中悲恸，引泪潸然
再见凡尘客，汲汲逐利权
愁思似茧，困扰难安
世间善事，映入眼帘
由衷赞赏，情韵流笺

人生哲理，传遍尘寰
知易行难，路途遥漫
但求尘缘，相逢之伴
珍惜彼此，万事安然
与世无争，岁月静闲

走向前方

题记：

当你陷入迷茫，几乎失去信心的困境。是沉沦、倒下，还是奋起、勇敢地走向前方？这是人生道路上，必然碰到的现实问题，就看你去如何选择，然后决定你走上迥然不同的路。

乌云翻滚膨胀
弥漫穹苍
风啸雨狂
山林一片昏黄
鸟群藏进巢房

你伫立山冈
紧依苍树旁
眼眸充满忧伤
难掩心底怅惘
这无尽的风狂雨荡
何时才会散场？

雨点击打身上
心海涌起波浪
雨水滑落脸庞
模糊眼中眸光
灵魂与现实碰撞
似乎迷失了方向

一只雄鹰冲破风雨飞过身旁
你仿若看见
雨后彩虹、破晓朝阳
双目重燃坚毅之光

不再犹豫，不再彷徨
为了心中不灭的信仰
毅然奔赴前方

一颗飘零的心

题记：

历尽沧桑方知，在喧嚣的尘间，难以寻觅一个懂自己并且可以信赖的知心人。每天，看似在世间行走，一颗孤独的心却在飘零……即使这样，心中的理想再渺茫，再在远方，也要坚定、孤独地走下去。

想象着化作流云
飞往远方
纵使没有千重山阻挡
也无法抵达
因为它瞬间便消散于天庭之上

想象着借星星光芒
拯救自己走出心灵的黑洞
一个未知数永远在前方
留下的只有揣摩和迷茫

想象着凝望皎洁月亮
倾诉无人知晓的衷肠
可话到嘴边又咽下
只见月光洒在海面
海风掀起巨浪
苦涩咸泪在脸上流淌

孤寂的心在尘间飘荡
像迷途的鸟儿
在天空中飞翔
不知道哪里才是
心灵归宿的地方

天上的云化作秋雨一场
淅淅沥沥缠绵着从天而降
雨啊雨！你为何下个不停
让一颗本就飘零的心
更加空荡、更加忧伤……

心灵殿堂

我想化身一颗星星
游弋于浩瀚银河之上
拨开层叠云雾自在翱翔
在幽暗中将启明星凝望
朝着天际的静美起航

我想幻作一枝寒梅
笑对风雪冷霜的张狂
千红竞艳时悄然收绛
万芳凋零时悠悠绽放
于静谧一隅吐露芬芳

我想成为一叶轻舫
迎着狂澜把怒涛丈量
湛蓝海面上破浪闯荡
循着港湾柔光的方向
那是我灵魂停泊的归乡

纵知这是虚幻绮梦一场
但我秉持独立不羁的思想
不在茫茫人海随波逐浪
去寻觅温暖的安身之房
穿透表象将本质细详
广阔天地任我驰骋翱翔
让心之所向的殿堂熠熠闪光

喜欢大自然风光

偏爱晨曦，在幽径上徜徉
晨风飘起发丝，轻拂罗裳
繁花似彩绸，随风摇曳盈光
黄莺啼声婉转，奏起清脆乐章
这美好悄然注入心海，漾起欢畅

钟情暮晚，素足轻踏柔沙
晚霞倾洒，晕染碧海上
波光粼粼，锦鳞逐浪欢
道旁桉树列，身披金缕华光
沉醉这绮景，思绪随意飞扬

又见那不甘幽寂的月亮
悄然攀上夜幕的穹苍
玉盘皎皎，倾洒熠熠清光
与天边落日，遥遥相对凝望
心湖泛起涟漪，满是柔情荡漾

眷恋树影婆娑的幽夜
静立芳园，遥瞻星月琳琅
微风轻吟浅唱，送入我的耳旁
回忆如诗流淌，皆是美好时光
心绽希望之花，未来溢彩流芳

习画心途

夜色如墨，悄然浸染大地
周围一片静谧
白日露台嬉闹的鸽子
早已归巢，没了踪迹

台灯倾泻银辉
映着纤细画笔
笔尖在宣纸轻移
满怀期许
却难勾勒心中的瑰丽

墨色在笔尖骤然凝止
我凝望夜空，不禁叹息
繁星眨着狡黠的眸子
似在嘲笑我技法的拙稚
那弯弯的月亮
露出一抹温柔笑意
仿佛在打趣，松叶被我画得怪异
低落的情绪，让我满心忧戚

我叩问自己
何时能绘出灵动的彩莺
展开绚丽的羽翼
飞过山川，穿过云翳
携着我的思念与情意
飘向故乡的江南水堤

一个空灵的声音，仿若来自穹苍
悠悠传入耳旁：
心无旁骛，沉醉国画天地
一步一步，坚定迈向远方
我重拾起希望
蘸墨挥毫，继续在画境里徜徉

静谧的夜

子夜钟声叩响寂静长廊
万物沉入温柔梦乡
我仰望星海茫茫
不知哪颗星辰
勾起心底的忧伤

多想放声歌唱
驱走胸中惆怅
又恐惊破夜的安详
只能执笔将心事深藏

心陷入幽暗的漩涡中央
迷失了前行的方向
恍惚间，一朵金黄的花
迸射出灿烂光芒

这束光照亮了我的心房
心底的迷雾也悄然退场
另一个声音却响起耳旁
哪怕今日历经沧桑
明日依然可以拥抱希望

浅浅笑意爬上脸庞
皎月轻轻洒下柔光
我伏于洁白的书桌
枕着月光进入梦乡

紫地毯

在人生旅途上走着走着
不经意间
走进你铺就的紫地毯
从此决定余生的日子
永远和你相伴

坐在紫地毯上
抬头把天空仰望
不数天上的星星有几颗
不赏夜晚的皎月有多亮
而是看星星何时稀几时繁
看月亮何时东行几时西移
银海神奇的奥秘凭自己发现

坐在紫地毯上
不看绿叶摇曳飞舞
不闻红花飘溢幽香
而是观树的四季模样
观花何时凋谢又何时绽放
大自然植物的神奇规律
靠自己去发现欣赏

坐在紫地毯上
面朝浩渺无边的海洋
不看大海的碧波荡漾
不看大海的海天一色
不看大海的雪白排浪
而是看涨潮时的热情
退潮时的潇洒
在一涨一退中尽情遐想

坐在紫地毯上
把过去的事情回想
知道人生沉浮恰如云烟
不争不比，心态才安然
但也应有奋斗方向——
那就是在你铺就的紫地毯上
在美丽的诗画世界里飞翔

紫地毯：喻人，喻灵魂之友……等。

幸福

题记：

幸福是什么？不同人有不同回

答。恋爱的人说，是和爱人永远在一起。奋斗的人讲，是获得成功。生病的人盼，是战胜病魔，获得新生的刹那。困境的人望，是援手拉他走出低谷，奔向光明。

我心中的幸福就是
信步悠踏柔软沙滩
闲坐碧澄海边
看波涛如银绸翻卷天边
听排浪似松涛震响耳畔
遥望礁石上的海燕
展开双翅舞姿翩翩
优雅翱翔在海天之间

我心中的幸福就是
纤手托腮于书桌前
凝望那无垠穹天
观锦霞云间绮态千变
倚明窗静赏翠莺啼婉
看庭院花开，肆意烂漫
任四季流转，从不间断

我心中的幸福就是
沉醉于诗画的梦幻
慢慢品味着香茶的暖
静静研读着名诗名篇
执笔书就婉约的诗笺
挥毫绘出心中的画卷

我心中的幸福就是
拥有健康的身心
不叹岁月留下的痕斑
不与人争万事看淡
不管处境如何艰难
都凭坚毅的心走向前
微笑着将每个朝暮
都酿成岁月的诗篇

心境

题记：

我站在空旷的路上，仰望广阔蓝天，俯看碧绿草坪，看孤鸟、群鸟掠过眼前，凡尘诸事涌上心头，美好愿望油然而生，遂作此诗。

假若人的胸襟
似天一样宽广
那该多好
坦然面对人生路上
大大小小的风浪

假若人的情怀
似平原如砥般坦荡
那该多好
倾情所爱
情真意绵长

假若人的性格
似劲草般顽强
那该多好
奋力成长
何惧雨骤风狂

假若人的心灵
似莲一样纯净
那该多好
纤尘不染道德光
冰心玉壶伴衷肠

假若人的品性
似梅兰竹菊一样
那该多好
傲洁坚贞不狂妄
不管在任何环境
永不磨灭既定的信仰

假若人的志向
似自由的飞鸟游鱼一样
那该多好
天高任你翱翔
海阔凭我踏浪

但是，但是
这些美好的愿望
需要我们修行达到的一种境界
修炼心性还需冲破自身迷茫
形成善念还需洗净纤尘污染
心境修炼之路艰辛漫长

陶醉

晨曦微露
雨后大地呈现一片金黄
迥异白云
湛蓝天空任你变化无常

一对黑鸽
展开羽翼飞过身旁
朵朵秋花
微风中摇曳散发芬芳

走在幽静小路上
看白云、听鸟鸣、闻花香

突然觉得大自然是那么美好
让人陶醉，充满希望！！

当我老了

当我老了
改变的是风雨沧桑的容颜
而不变的心依然是阳光灿烂
天真无邪像孩子一般
一片纯净善良的温情暖心田

当我老了
即使病魔缠身
也不会长吁短叹
造成儿女的负担
勇敢面对，笑靥满面
让一颗温暖的心把周围人感染

当我老了
回归温馨恬静的世界
种花、弄草
营造自己漂亮的家园
炊煮、编织
一针一线把爱渗入亲友心间
唱歌、咏诗
让生活与远方相连……

当我老了
花园里紫色树满满
我爱紫色花的雅雅清淡
更爱沁入心脾的幽幽香甜
沉迷其间、流连忘返

当我老了
静静地坐在窗前
看云儿朵朵在碧空中浮悬
让思绪漫漫，任遐想连连
催文思泉涌，作诗句篇篇

当我老了
有一个爱我的人左右陪伴
抚我满脸的皱纹至死不嫌
爱相惜，情相牵
相依偎看日落彩霞满山峦
当我老了
跌跌撞撞，步履蹒跚
我和老伴儿手拉手肩并肩
彼此作为支撑的拐杖
不离不弃把人生旅程走完

当我老了
尘世繁华，已成过眼云烟
静处一室，只图平平淡淡

当人生蜡烛燃尽
笑迎一缕轻风,惜别人间……

心灵赴约

假若远方的召唤
是航海中一座明亮灯塔
我会驾着孤舟扬帆起航
破浪于辽阔无垠的海上

让翻涌的浪涛为我助力
伴着歌声一路尽情欢唱
让碧空中翱翔的海燕
携着我飞向梦的远方

也许暗涌的漩涡横截阻拦
会让小舟无奈地搁浅
也许狂风骤雨、雷鸣电闪
让不安在心底悄悄漫延

但心中坚定的信念
定会驱散阴霾与忧烦
当雨霁彩虹挂上云端
依然奋力破浪向前
一直驶向与远方心灵赴约的港湾

假如远方的召唤
是挺立山峰坚韧的苍树
我会循着鸽子传来的哨音
踏入茂密幽深的林峦

即使山路蜿蜒盘旋
让我迷失前行的方向
也会抬头一直仰望
山顶那棵苍树指引的地方

脚下滴落的殷红之血
看成漫山绚烂的杜鹃
手上荆棘划伤的鲜血
看作夕阳晕染的流丹
就这样一步一个脚印向前
一直走到与远方心灵相约的圣殿

如果有那么一天

如果有那么一天
我们两鬓霜染，步履蹒跚
仍在这纷扰尘世间
你可还会如当下所言
十指相扣，永不放远？

如果有那么一天

年轮爬满掌心的褶皱
沟壑镌刻岁月的沧桑
能否依旧相看不厌，爱意绵长？

如果有那么一天
双眸浑浊，难觅明亮
嗓音沙哑，失却清婉
身形佝偻，不复飒爽
能否互为彼此的拐杖
携手走过，每一寸时光？

如果有那么一天
静坐庭前，面朝碧海蓝天
听浪涛低吟，看云卷云舒
嗅清风送来花草芬芳
任倦鸟枝头细语呢喃
能否抛却纷扰，心若幽潭
悠然共度，这静谧华年？

如果有那么一天
沉醉于夕阳织就的金毯
颤抖的手翻开泛黄书卷
那里藏着我们岁月酿成的诗篇
即便终将消散如烟
能否无悔亦无怨？

如果有那么一天
命运将我们残忍拆散
一人化作流星，陨落星河
留下的那个人
能否顶住悲伤，不忘思念
携着回忆的温暖
坚定地走向明天？

如果真如传说所言
轮回之中自有前缘
我们能否在人潮万千
再度邂逅，再度相恋
续写今生未尽的情缘？

幸福的小窗

小窗外的白天
碧蓝天空飘浮着的云朵
如絮如绵，变化万千
让人看得眼花缭乱

小窗外的傍晚
雨后双色彩虹
架起的拱桥七彩斑斓
把整个天空尽染

小窗外的夜晚
深邃的夜空繁星点点
皎洁月光射出的银线
柔柔和和洒向地面

小窗外的春天
万物复苏，百花竞妍
柳枝在细风中摇曳
柔软婀娜，舞姿翩翩

碧波荡漾的湖面
鱼鳞般的波纹起微澜
成双成对的鸳鸯
悠悠地在湖面嬉戏游玩

小窗外的夏天
薰衣草开满河畔
素雅高贵来自天然
馥郁幽芳随风飘散

小窗外的秋天
遍地金黄映入眼帘
翩跹飘落的叶片
与蓝天白云共染
绘出天地间最美画卷

小窗外的冬天
雪花飞飞扬扬飘旋
给大地铺上了银色絮毯
冰凌花挂在了诗人窗前

小窗内
有一对幸福的老人
一个看电视，一个看微信
时而相互对视，情意绵绵
时而轻轻呢喃，幸福满满

温馨恬静洒满小窗
这就是令人神往
充满温馨的幸福小窗
这就是让人陶醉
历经春夏秋冬的幸福小窗

初画寻艺

指尖轻捻画笔
仿若握住通往画境的神秘钥匙
心海泛起层层涟漪
创作的思绪，于混沌里找寻起始

脑海勾勒缥缈云气
笔下的云却似墨团般凝止

欲绘峻岭，凭皴擦显浓淡韵致
成稿的山，却如僵硬土石堆积
错落之美尽失，磅礴气势难觅

画笔再度迷失方向
以心中灵动的水波，绘出杂乱纹浪
向往的古松苍枝，失了遒劲模样
翠叶没了柔姿，只剩呆板影像
红花褪却娇容，只留黯淡色光

难！难！难！
每一回落笔皆是对自我的挑战
困！困！困！
色彩与线条交织成无形的迷乱
惑！惑！惑！
艺术的真谛，似缥缈启明星隐现

可心底的热爱从未消散
怀揣冲破迷障的执着信念
探寻那一缕绘画艺术的脉络
纵使功不成，亦怡然心宽

诗情画意

学画如参禅
顿悟一瞬间
其中困与惑
久在心中缠

写诗音律含
能否落玉盘
须行书海路
方能弹好弦

云天水墨舟行图

扁舟一叶悠然驶，
两岸青峰过舷移。
垂柳随风翩跹舞，
群树婆娑石怪奇。

举目遥瞻碧空际，
云雾氤氲千丈弥。
丹青绘就心中意，
笔墨淋漓见功底。

望北归雁

执起画板
缓行暮色沙滩
举目远眺穹昊
丹水绮霞绚烂

水彩晕染天地间
北归雁阵舞蹁跹
匆匆越过万水千山
飞赴梓桑故园

闻声见景，情涌诗笺

——音画视频引绪而书

落霞织绮，漫舞穹天
碧水揉澜，似绽玉莲
音如鹃泣，悱恻缠绵
佳人轻迈，踏上金滩
似燕凌虚，奔赴海边
褶裙卷发，逐风同旋

凝眸远舟，渐去渐远
终隐沧波，云雾之边
昔日欢颜，如幻浮现
清泪夺眶，盈满双眼
素手轻扬，紫兰遥献
芳蕊纷飞，坠向海面
独倚岩边，心若霜茧
何人能解，满腹忧怜

痴吟

透过轩窗望远天，
白云袅袅碧空悬。
绿枝摇曳风姿秀，
枯皮渐落露新干。

一景一物皆入眼，
痴痴念念意绵绵。
一杯香茗幽芳漫，
一鸟翔飞向浩天。

刹那挥毫墨染笺，
半阕清词韵自连。
低声浅唱浅颦笑，
笑叹吾心近诗癫。

夜深沉情绵长

白昼谢幕，夜缓缓登场
墨色泼洒，天地被悄然晕染
黑鸦隐匿，雀鸟收起了翅膀
世界陷入缄默，只剩安详

倦体困于床榻，灵魂却在游荡
目光穿透窗棂，凝望浩瀚星芒

思绪如乱麻，在寂静里肆意生长
这漫长黑夜，是温柔，也是考场

有人嗔怪夜的漫长，心生烦乱
有人沉醉夜的静谧，心生赞叹
而我，在这明暗交织的时间
把夜当作，最懂我的伙伴

想幻化成一缕缥缈的流萤
悠悠飘入夜那轻柔的怀抱
带着忽明忽暗的微光
呢喃心底的期许与迷茫

愿幻作嫦娥，将万物轻抚
温柔地洒下一缕缕仙雾
为失眠者披上梦的锦布
在夜的舞台上，翩然独舞

可我终究只是平凡的人
于夜色中，徒留一声声无奈的喟叹
在这无垠的黑暗里默默守望
等待黎明，将夜的情思缓缓合上

人间最美五月天

登上画舫，出海游玩。
旭日东升，染红天边。
夕阳西下，彩云蹁跹。
碧水微澜，浪花翻卷。
海天一色，醉美人间。
繁星璀璨，海风拂面。
挚爱相伴，幸福满满。

登上青山，漫步溪岸。
层峦叠嶂，浮岚弥漫。
蜃景奇观，若隐若现。
松柏苍翠，绿意满眼。
小溪欢歌，流水潺潺。
飞瀑垂悬，云崖碧涧。
恍若银河，飘坠人间。

漫步花海，赏花寻欢。
姹紫嫣红，争奇斗艳。
清风徐来，香韵幽远。
恍入仙苑，迷醉芳园。
吟诗挥墨，抒发情感。
赏心悦目，流连忘返。

心中的愿望

祈愿明天
做一个逍遥自在的人

读书、作画、赋诗
沉醉于浩瀚的文学乾坤

祈愿明天
回归与世无争的幽苑
拥有一座漂亮的小轩
面朝碧海，百花争艳

祈愿明天
诵唯美之诗，淬炼情感
将它化作文字的星光
洒落人间天地，让世人知晓
前进道路蜿蜒曲折
人生希望炽热明亮

祈愿明天
仰观苍天，俯察厚土沃川
给天上变幻莫测的霞烟
地上五彩斑斓的花田
空中自在翱翔的莺燕
起一个个美丽的名字

把我的祝福融入其间
让它们随着悠悠的云卷
越过万水千山
飘向思念的故园

愿你在生活的长河中扬帆逐浪
被幸福紧紧相伴
每日都盈满安康的笑谈
家如暖巢，爱意绵绵不断
事业辉煌，未来光芒耀眼

深海之鱼尘世之人

幽邃深海，静谧安详
一条美人鱼，怀揣瑰丽梦想
她向着尘世霓虹启航
似被月光吻过的慧眼
藏着爱的渴望

她才情如灵动的光
温柔且热烈，内心滚烫
踏入这斑驳陆离之乡
拥抱善良，也被世态炎凉中伤

人间的思索，为她灵魂镌刻沧桑
苦学，奋进，在岁月漩涡里奔忙
无人读懂她心底的月光诗章
孤独如影，茫然似网
眸间忧郁，无尽绵长

她渴望重归深海的故乡

那片碧绿宁静的港湾，是心的归乡
穿梭珊瑚的迷宫，逍遥游荡
找回失落已久的欢畅

终有一天，尘世的缘尽散场
无论眷恋，还是心有惆怅
美人鱼将回归那片深海
回归最初，梦的澄澈模样

谨以此诗献给尘间聪慧、纯善的女子

愿世界一切都美好

假如是一条路，
愿它五彩缤纷，洒满晴光，
不愿乌云蔽日，荆棘成障。

假如是一条河，
愿它清澈见底，碧波荡漾，
不愿污泥翻卷，浊波涌荡。

假如是一座山，
愿它巍峨雄壮，郁郁苍苍，
不愿灾祸降临，徒留悲凉。

假如是一棵树，
愿它如千年胡杨，屹立苍茫，
不愿腐朽衰败，黯然成殇。

假如是一朵花，
愿它似映日荷花，自在芬芳，
不愿暗藏隐患，如毒含藏。

假如是一只鸟，
愿它像南飞鸿雁，共飞家乡，
不愿枝头小鸟，各自飞往。

假如是爱人，
愿彼此相濡以沫，白首守望，
不愿三心二意，异梦同床。

假如是同事、邻居，
愿大家和睦相处，宽容谦让，
不愿勾心斗角，似陷战场。

假如是朋友，
愿彼此肝胆相照，情暖心房，
不愿唯利是图，各奔异向。

假如是文友，
愿彼此心有灵犀，共沐诗光，

不愿唇枪舌剑，各执一方。

但现实没有那么多假如，
我们只需静守岁月，安然若常，
从容向前，不慌不忙。
唯有你我交融，情意相往，
以真心换真心，以情长还情长，
世界才会绽放出最美的模样。

梦中的伊甸园

梦正酣，
神灵浮游我灵魂，
身体轻轻地飘然，
飞扬、飞扬……
飞到了夜幕笼罩的黛山。

明月在天上浮悬，
月光却透过叶茂枝繁，
洒下空旷的峡谷，
给整座山峦，
披上了一袭神秘的纱幔。

叮咚、叮咚……
溪水潺潺。
好像是，
遥远的娑婆世界，
把袅袅的梵音传。

一缕清香沁入心脾，
引我移步幽谷深涧。
花神昙花起舞翩翩，
韦陀吹箫声声哀婉，
有情人终能相伴瞬间。

神灵又飘来我身边，
带我飞扬、飞扬……
飞向悬崖之巅。
重生之鹰托起我，
放在它温软的背间。

飞扬、飞扬……
飞到有天堂鸟的地方。
那里百鸟翱翔蓝天，
那里万花争奇斗妍，
那里是世外桃源。

那里的人们安居乐业，
幸福流淌心田。
那里的人们彼此尊重，
行善语亦善焉，
那里是我梦中的伊甸园！

让我聆听你隔世的绝唱

——致仓央嘉措

捧一卷隔世诗书
来到雅鲁藏布江
怀一颗虔诚之心
飞到雪山的顶上

匍匐磕头肃穆经堂
紧紧依偎你的胸膛
闭上眼睛静静谛听
你那隔世梵音绝唱

轻轻点燃一炷心香
烟雾袅袅缭绕身旁
飘飘欲仙神游幻境
看到披袈裟孤独郎

你是活佛又是诗圣
桀骜之下柔情百肠
转山转水转佛塔啊
却悲看心爱人成殇

有些苦衷无法出口
化作凄美诗一行行
愿为普度天下众生
唯独不肯把自己放

世间事难以两全其美
令人痛苦悲哀又迷茫
不管怎样，仓央嘉措
你是我心灵神秘之光

来世我愿做一朵莲
静静地守候在佛堂
聆听娑婆世界梵音
聆听你隔世的绝唱

心弦

题记：

每个人的心上都有一根弦，它是随着内心深处情感变化，跳跃在文字和曲韵间，起伏跌宕的弦。

你含蓄婉约的情感
跳跃在文字间
轻轻抚动我的心弦
我仿佛看见
一座缥缈云山
悠悠飘浮在天边
而后慢慢隐退消散

天空又变成一片湛蓝

你温柔惆怅的情感
流淌在曲韵间
深深扣动我的心弦
我仿若看见
冰轮玉环
孤独悬挂在墨天
嫦娥起舞却泪潸
人世间多少离合悲欢
此时此刻倾情上演

你爱恨分明的情感
倾泻交响乐间
激荡我的心弦
我仿佛听见
平静海水泛起微澜
美妙之音耳边回旋
好像在把美好的事物赞叹

又仿佛听见
海水掀起巨浪滔天
发出狮子般的咆哮
好像在把丑恶的事物怒谴
那一声高过一声的呐喊
好像要把世界的黑暗
永远封存在万丈深渊

冬季的草原

——诗韵中的向往

我未曾踏入过那片美丽的大草原，
更未见过冬季草原独特的容颜。
但从诗人灵动飘逸的诗句之间，
我仿佛进入了如梦似幻的桃源。

辽阔无垠的草原上，
冰雪覆盖，一片白茫茫。
千树万树，雪花如蝶轻舞飞扬，
抖落北国神秘的星光。

阳光倾洒在广袤的草原，
雪原、群山与蓝天交融相连。
光影变幻，呈现姿态万千，
让诗中人沉醉，忘返留连。

眺望远处，云朵飘浮天边，
羊群在草地悠然嚼草正欢。
它们洁白的羊毛随风轻展，
似雪浪舞动成天地奇观。

诗人靠近那憨厚的老牛身边，

它那会说话的眼睛一眨一闪。
像是热情邀请诗人共赏草原，
一同沉醉这绮丽的风光画卷。

诗人笔下的奶茶，飘散着醇香，
我满心渴望能亲自尝上一尝。
诗人笔下的马头琴，曲调悠扬，
我满心期待能聆听这动人乐章。

啊！美丽的草原是祖国的宝藏，
冬季的大草原令人心驰神往。
踏上那片草原是我憧憬的梦想，
我愿在诗行里将这份眷恋守望。

草原，我梦中的诗行

我乘巨轮驶向沧海
领略大海的浩渺无边
我随亲人攀登翠峦
沉醉云雾的缱绻之间

可我从未涉足大草原
心底只剩美好的祈盼
多么渴望奔赴祖国的草原
无论七月繁茂还是八月绚烂
去实现心中那美好的夙愿

常遐想，若有朝一日
双足踏上草原的土地
是怎样的盛景撞入眼帘

脚踏如茵的绿毯
身旁碧草繁花随风翩跹
仰望澄澈的蓝天
白云与落霞共舞于天边

轻吻格桑花的柔瓣
温柔情思在心间悄然蔓延
轻抚翠草葳蕤处
清幽香气入心田
摄下萨日朗的明艳照片
留存永恒的纪念

看洁白羊群啮草正欢
观老黄牛在斜阳下徐行悠然
品酥油奶茶的馥郁香甜
望草原上高悬的星月璀璨
愿在自然怀抱中沉醉入眠
让尘世的喧嚣消散如云烟

萌动了想去草原的愿望

每当《在那遥远的地方》悠悠回响，

婉转旋律勾勒草原姑娘的模样，
如灵动的风低唱。

每当《橄榄树》的歌声在耳畔飘荡，
那为追寻草原的深情，
似澎湃的海，汹涌而绵长。

恍惚间，我仿若看见，
才情卓绝的三毛，
笑意嫣然，莲步轻移，
缓缓走向那西部情歌大王王
洛宾……

只叹，命运弄人，
最终，他们的故事成了一首《等待》
的悲歌：
“你曾在橄榄树下静静等待，
我却在遥远的地方独自徘徊……”

他们如两片飘向天国的秋叶，
为这段震撼人心的旷世绝恋画上
句点。
我在无尽的唏嘘与感慨中，
内心深处，萌动了想去草原的渴望。

那片承载着故事与梦想的草原，
好似是我灵魂深处未抵达的远方，
召唤着我，奔赴一场未知的心灵
流浪。

美轮美奂的大草原

每当目光触及
有关草原的视频与照片
那美轮美奂的景致撞入眼帘
令我心醉，思绪在心海泛起波涟

瞧啊，湛蓝如宝石的长天
云朵似棉絮悠然浮悬
广袤大地，绿草与树林葱茏一片
仿若大自然织就的绮梦锦缎

远处，山冈连绵，线条柔美如弦
像是大地舒展的脊梁，刻满岁月的
诗篇
路边，野花悠悠舒展，于微风中舞影
翩跹
每一朵都轻诉着草原独有的浪漫

薄暮时分，落日余晖倾洒草原
为这片大地镀上一层金灿
云雾与炊烟缱绻缠绵

如梦似幻，宛如人间仙苑

清新的微风，携来笛音悠远
那旋律，裹挟着草原的安闲
在旷野的怀抱中悠悠飘散
一群鸿雁列阵，振翅划破长天

夜幕降临，繁星如宝石镶嵌
星罗棋布，熠熠璀璨
一弯新月恰似银镰
斜挂天幕，洒下清辉如练
不远处，一湾湖水仿若玉鉴
悠悠流淌，波光闪闪
星月交辉，倒映湖面
似是星辰坠入水中，追逐嬉欢

草原的夜，是欢乐的盛筵
鸟鸣与虫吟，清脆婉转
篝火熊熊，燃烧的火焰
将天边染成一片绚烂
热闹的氛围，把幸福的星火点燃

念及此处，我仿若羽化成仙
已然投身那片美丽草原
轻嗅着空气的清甜
感受着微风的柔绵
沉醉在这无边的绮丽画卷

爱的内涵

翠竹盘根入厚壤
中空劲挺向穹苍
高风亮节彰博爱
纯善之心众人仰

青松屹立满山冈
峭崖危壁自轩昂
四季常青凝翠意
坚毅品格永流芳

白桦亭亭立雪乡
默默守护伴斜阳
无惧霜寒风雨骤
深情厚意韵悠长

红梅笑傲凛冬霜
不与群芳竞艳妆
独守寒枝待春信
一片赤诚绽荣光

龙的传人志四方
千年薪火岁月长

今朝华夏更昌盛
大爱凝心铸辉煌

恋诗

睁眼触诗，阖眸梦诗
行途念诗，握笔赋诗
青山凝诗，翠野蕴诗
薄雾藏诗，惊雷绽诗
寒雨酿诗，严霜铸诗
繁花裁诗，万物皆诗
愁绪化诗，欢颜入诗
彷徨成诗，信念为诗
遐想绮诗，感悟组诗
诗诗诗诗，满脑盈诗
恋诗恋诗，却难构诗
欲书妙诗，必先品诗
研阅古诗，参详名诗
方能悟诗，再著佳诗

天上什么最美丽

天上什么最美丽？
天上云朵最美丽。
在灰蓝交织的天际悠然飘荡，
肆意幻化成万千模样，
在雨后彩虹里翩然起舞，
舒展绚丽似梦的霓裳。

天上什么最美丽？
天上星星最美丽。
于墨色银河中俏皮眨眼，
眼眸明亮且满含深情，
一闪一烁洒下碎银光辉，
点亮浩瀚无垠的天际。

天上什么最美丽？
天上月亮最美丽。
她静静悬于浩渺苍穹，
温柔似水流淌周身银芒，
引得世人对月倾吐心意，
诉说着无尽遐想与情思。

天上什么最美丽？
天上旭日最美丽。
将浩瀚海面晕染成金绸般的绮丽，
粼粼波光跳跃闪烁，
似被点燃的梦幻天地。

天上什么最美丽？
天上晚霞最美丽。
仿若仙女下凡嬉戏，

轻盈穿梭于崇山峻岭，
悠然漫步在广袤田野，
将人间的幸福寻觅。

我似一颗孤寂的寒星

我似一颗孤寂的寒星
无人洞悉我失落的心情
在这纷扰如麻的人际迷局
我常困于窘迫的漩涡中心

乌云悄然掩蔽我的身形
月光之下我满心迷离
电闪撕裂我心底的愤懑
雨落裹挟我潸然的泪滴

但伤心过后我笑对现实
凭坚强信念与不屈意志
去直面狂风暴雨的侵袭
绝处逢生奔赴光明之地

谨以此诗献给事业跌入谷底，重又站起来的人。

愿化露珠，无悔人生

酣眠的子夜，忽被清风惊醒
思绪飘飞，幻化为一滴露珠
恰似灵动的仙子，乘风旋舞
悠悠穿过轩窗，飘向荷塘
轻轻落于娇艳的花瓣之上
相拥相依，恍若重逢的故人

圣洁的荷花，簇拥绽放
亭亭玉立，尽显婀娜仙姿
我随着花瓣，摇曳起舞
月光如水，倾洒而下
将我变成一颗银珠
于静谧的夜，散发着微光

蜻蜓振翅，嗡嗡飞临
蝴蝶翩跹，环绕身畔
羡慕它们无拘无束
在人间自在翱翔，无羁无绊

晨曦洒下一缕缕金线
让我凝成彩珠，夺目耀眼
也给芙蓉更添几分娇艳
而后渐渐消融于花瓣之间

若生命如露珠般短暂
为了人间美好的瞬间
我也愿倾尽所有奉献
将微光融入岁月的长卷

第二辑　花间情韵

陈剑萍　作

紫海凝香情寄薰衣草

美丽的你一排又一行
在湖边悠长的曲径上
把如梦似幻的色彩绽放
散发出幽幽醉人芳香

你随风轻轻摇晃
展开浅绛紫裙裳
阳光下翩翩起舞
涌动花海的波浪

我用纤手轻抚你
心中却泛起一阵忧伤
去年春花盛开之时
我和朋友来到你的身旁

我们在晚霞里漫舞歌唱
倾诉各自曾拥有的美好时光
如今却是我孤独一个人
在弯弯小湖边徜徉

弯月如钩高高地悬浮穹苍
我依依不舍地离开你
走在回家的路上
一路前行，一路惆怅……

夜来香语诗意守望

夜的帷幕缓缓下降
我多想做一朵夜来香
开在花园和路边
袅袅婷婷随风摇晃
不管谁路过我的身旁
我会用花的语言吟唱
祝福你快乐和安康

看见失意人花间徜徉
脚步沉重，神情迷茫
我舞动热情，散发芬芳
用花言打开你的心窗
人声花语融在月辉上
愿你不再困惑和忧伤

看见诗人书屋闪烁灯光
我让香风飘入你的身旁
伴你展开遐想的翅膀
在浩瀚的诗海上飞翔
挥笔写出人间最美诗行

我更愿用我的美丽和芳香
在岁月的长河中悄然绽放
为世界的美好静静守望

淡雅香味永远在空气中飘荡
如诗的旋律永远在人间奏响

山坡上的金色花

金色的小花
开在空旷的山坡上
没人打扰，也无人欣赏
却开得那么热情奔放

太阳、星星和月亮
看着你慢慢成长
山间溪水的淙淙声
伴着你在风中欢唱
碧空中的鸿雁
飞到你身旁
说着悄悄话
羞红了你脸庞

可是有一天
一位路人来到你身边
用手掰下一片片花瓣
直至露出光秃的枝干

那落地的花瓣
在风雨中哭泣飘旋
不知自己将飞向哪里
更不知会不会再受摧残
……

第二年的春天
静谧的山坡上
绿枝又开出了金色花
依然开得那么热情奔放

此诗借花喻人，托物言志。只要根还在，花会重开，只要生命还在，不管路途多么曲折坎坷，依然继续走向前。

荷韵浪漫

一片荷叶
迎着细雨散着清香
那圆润的雨滴
在荷叶上闪光
那周边的芦草
一个劲地疯长

我多想让那片荷叶
长成巨伞的模样

让我们划着小船
在巨伞下乘凉

你在船上赋诗
我在伞下吟诵
让蝴蝶为我们起舞
让蜻蜓为我们伴唱

当夕阳送来晚霞
我们再邀星星再请月亮
共乘弯弯的小船
在梦幻般的荷塘
充满浪漫和遐想
静静地慢慢游荡……

荷韵绮梦

荷花悄然舒霓裳
娉婷摇曳立碧塘
翠叶相拥托娇靥
青茎并立映红妆

忽逢天际风云涌
骤雨倾盆肆意降
花叶飘摇似心碎
清泪垂落如诉伤

雨霁彩桥天际挂
菡萏浅笑向斜阳
小鸟振翅飞云际
白鹅悠游绕绿塘

月影徘徊荷影动
星光闪烁映水光
恰似伴侣共起舞
又如挚友同欢畅

赏荷恰是好时节
观景正逢佳风光
诗意满怀情韵长
画心盈满意悠扬

驾舟悠荡水中央
抚琴袅袅曲悠长
仿若仙舟游幻境
恰似妙乐绕云乡

荷韵情绵

粉艳芙蓉花瓣绽
舒展皱褶裙裳
摇曳翩跹
玉立碧澄荷塘

叶似圆盘展
围拥圣莲旁

鸳鸯成双
缱绻水中央
追逐绽欢颜
泛起涟漪荡轻浪

弯月柔如水
银辉漫洒塘
花月相映辉
夜风飘来一缕香

良辰引客至
荷景喜欣赏
挥毫执墨笔
赞诗一行行
平仄美妙律
韵音似莺唱

小舟碧波间悠荡
华灯倒影映波光
抚曲琴音绕梁
声声随风飞扬

荷畔怅惘　君心何方

玉娥静静漂浮在荷塘
柔辉袅袅轻舞水中央
亦洒在你苍白的脸上
荷与你水岸之隔两相望

你眼眸泪珠点点亮
孤独的身影倍显颀长
箫声瑟瑟在凄风中飘扬
不知你忧伤为哪桩

夜雨淅沥洒落荷塘
花瓣沾湿凝珠流淌
你身上尽染雨丝凉
荷欲化仙伴你身旁
相依相偎度过静谧时光

你双目迷离似心彷徨
残荷凋零尽显沧桑
你蹒跚离去脚步踉跄
留荷飘摇在雨中池塘

轻轻遥问你为何惆怅
是否怜悯秋荷渐成殇
悲从中来叹流走的时光

哀自己也变成苍老模样

花颜易逝心光永恒

我看见庭院幽径旁
有一朵美丽小野花
孤零零开在草中央
开得那么热烈奔放

朱霞映衬下
倍显妩媚与娇艳
微风吹拂中
轻盈舞翩跹
狂风暴雨来袭
依然携雨舞动花瓣

她引人注目和欣赏
是我心目中的生命之花
早晨站在露台上
最初映入眼帘的竟是她
她一枝独秀的坚强模样
令人赞叹，给人希望

心情非常低落的时候
在花园中徘徊
情不自禁走向她身旁
低头轻轻深嗅花香
郁闷之心渐渐明朗
我多么希望花永不凋亡
陪伴我走到生命的远方

可惜某一天
发现花儿突然萎蔫
回看镜中容颜
已被岁月镌刻上细纹
不禁感慨万千

如果花能永不凋残
人能年轻到永远
那该多好
但是花开得再美丽娇艳
人活得再精彩无限
最终都是春水东流不复返

既然人生如花开花谢
生命的河流有长有短
那么便如烛火点燃
有一分热就发一分光
直至油尽燃完

无名野花韵

一朵无名小野花
绽于纤草中央
鲜红而又艳丽
令人驻足凝望

晨霞轻吻娇颜
绿叶更衬鲜妍
红绡裙迎风招展
恰似少女舞霓裳

骤雨从天而降
肆意击打花上
无物可为屏障
毅然勇敢抵抗

霜秋花叶凋零
落地化为尘壤
独枝雨中摇晃
我心满是怜悯与怅惘

春天再临萌新绿
重吐花蕊待绽放
多了嫩枝相伴旁
好似伙伴共芬芳
渐渐一同怒放
彩蝶飞舞花瓣嗅幽香
鹂鸟停憩绿枝啼声长
我望着野花思绪飞扬

只要花根未腐
年年会绽放美丽容光
只要人心未衰
就会勇敢地奔向远方

野百合的心语

在空旷荒坡之上
你若参天大树
我乃近旁
一朵娇俏的野百合

心驰你的峻拔伟岸
眷恋炽烈如焰
但也有自己尊严
不做依附的藤蔓

同一片穹苍
共一方土壤
风雨雷电同迎
星月交辉共享

你枝枯、叶黄
叹息随风远扬
我亦成憔悴模样
花瓣片片飘落地上

若天亦有怜
最后一片花瓣
悠悠飞向你
倾诉心曲无限
懂与不懂
皆在静谧的空间

岁岁年年
我们永远分离
却又永远相守
直至根须化尘飘散

飘零的小花

我是一朵飘零小花，
贪戏逐风离故乡。
随着秋风空中飘荡，
飞到金柳婆娑岸上，
迷失了回家的方向。

有位先生缓缓走来，
身形修长，面容俊朗，
双目有神，面容慈祥。
驻足在我的身旁，
捧起我默默凝望。

你叫什么名字？紫丁香。
来自什么地方？远方花乡。
为何花容如此憔悴？
离开家到处流浪。
为何身穿破旧衣裳？
风吹雨打变成这样。
为何颤抖似有惆怅？
四处飘零心好悲凉。

噢！你似乎明白了一切！
小花是否想家、想爹娘？
我频点头，蜷在你温暖手掌。
你轻轻将我置于波心，
去吧，顺流或许能归乡。
再见啦，善良的先生。
祝福你，愿好人幸福安康！

紫花恋曲

于梦之畔徘徊
紫色花绽放华彩

高贵似星光洒落
典雅如月色铺开

花苑曲径蜿蜒
寸土浸染浪漫
紫花风中呢喃
似把情思在传

山坡田野之上
紫裙随风摇晃
宛如仙袂飘飞
舞动柔雅紫光

湖畔紫花带雨
恰似丽人泪滴
楚楚惹人爱怜
涌动心底情意

鸟啼唤醒花梦
香气撩拨心弦
心随鸟儿高翔
沉醉香海悠然

桃源是心归处
紫藤花下安住
观云望海琴奏
寄情紫花诗赋

若人叩问吾爱
定答爱紫如初
岁月悠悠绵长
紫花永住心湖

紫陌花间情思悠

初见
紫陌飞花香满路
瑰丽入眸心动处
少女嫩颜映清姝
怀揣绮梦踏香途

又见
紫菊冷风曳凄舞
花瓣凝雨结玉珠
忧伤佳人对落花
哀叹凝眸泪如注

喜见
紫英破草绽琼芳
碎星摇影舞旭光
柔瓣翻卷迎风霜
幽香四溢沁心房

紫花似酒心沉醉
祈愿轩窗垂紫蔓
庭院藤树绽绮华
执笔花间绘锦图
任那流年匆匆去
诗魂融作紫云浮

最后一朵白玉兰

题记：

一天，我站在露台，看见花园里的白兰树上，有的花全部凋谢洒满一地，有的花苞未开就枯萎落在地上。只有最后一朵白玉兰，孤零零开在枝头之尖，不久也不见了踪影，不禁感慨万千。

身袭素雅白裙
舞在枝桠之间
映衬缥缈白云
显得美而不艳

再看其他玉兰
有的凋零一地
有的花苞未绽
就香消于红泥

月下玉影孤单
与风轻轻低喃
诉说花之语言
恰似流露哀叹

春雨淅沥连绵
点点凝泪潸然
最后一片花瓣
无奈离开尘间

花谢触动心弦
生命总有聚散
珍惜当下世缘
莫让时光空叹

龙舌兰之情

题记：

几年前，我搬进新居。原来的房东，在庭院内种了好几棵几米高的龙舌兰。每年秋天，洁白的花朵绽放，与众不同，非常美丽！可是一旦花谢之后，枯枝就变成黑色，挺立绿叶中间。后来查了有关资料，方知龙舌兰一生只开一次花。

我是一株龙舌兰
悄然栖身你的庭院
立在四米高的绿叶间
离你很近、很近
近到只隔露台栏杆

晨曦里
一只鸟儿停憩在我如玉的花苞上面
清脆啼声婉转悠扬
你推开落地窗
抬眸遥望穹苍
看似微笑的面庞
眼神却藏着淡淡忧伤

我是花你是人
猜不透你的任何念想
或许你在思念远方
或许在叹空梦一场

你来到我的跟前
轻轻将我捧在手心间
初次惊喜发现
我的玉枝坚硬
但六片花瓣柔软
绽放的朵朵花颜
竟是那般娇艳

花蕊散发的香味
竟是如此清甜

我一生只此一次绚烂展现
花呈圆锥状若宝塔
将花朵层层缀满玉枝
在秋风中舞影翩跹

我的生命短暂
仅有几十天
当你看见我渐渐萎蔫
眼中泛起晶莹的泪点

秋雨淅淅沥沥绵绵不断
我依依不舍与你惜别
愿以花的语言
轻声向你呢喃
想让你知道想让你知道
我为感恩你的顾怜
才来到你的身边
开得如此灿烂
只为只为
让你一睹我真正的花颜

愿你余生
哪怕历经困惑、打击与迷茫

哭过之后依然心向阳光
学会坚强勇敢地迈向远方

今年秋天，好像是天意，一株龙舌兰，就开在三楼露台栏杆前，我双手就可以触摸到。轻轻掰开它下垂的花瓣，真正目睹了它的花颜，闻到了花蕊散发的清香味。

晚香玉之涅槃传奇

我在姹紫嫣红花海，
身披翡翠色裙裳。
洁白如玉笑容绽放，
花蕊吐露馥郁芬芳，
清香四溢随风飘扬。

赏花客移步我身旁，
端详我那淡雅素妆，
俯身深嗅我的幽香。
停立许久不舍离去，
最终带我回到她家。

放在进门显眼地方，
小心翼翼呵护欣赏。
夏去秋来时光飞逝，
绿叶在时光中无奈泛黄，
花瓣凋零徒留怅惘。

主人见我枯萎模样，
认定无救已然成殇。
几度欲扔垃圾箱，
却又于心不忍，
移我至别墅外廊。

没了关爱满心悲凉，
静候绝处逢生的曙光。
春天来临百花盛放，
主人随意浇点清水，
我却窥见重生希望。

我坚韧不拔努力生长，
绽新蕾盼夏归时光。
主人见状欣喜若狂，
从此珍视晚香玉，
这涅槃重生的晚香玉！

花以根茎为希望，绝境中亦能重生；人以生命为基石，困境里更应拼搏。永不言弃，方能迎来属于自己的涅槃之光。

梅雪绮梦

当百花凋零化为红泥，
你却携瑞雪绽放一地。
绝不与它花媲美旖旎，
只为静守冬雪迎春期。

我望梅雪筑梦世外梅苑，
就在那溪水潺潺的幽山。
梅仙着一身粉裙轻盈翩跹，
从云雪中含笑飞向诗仙。

当晨曦洒下第一缕光线，
山中岚气氤氲尚未消散。
枝头小鸟啼声悠扬婉转，
在空旷的山林中回旋。

曲径通幽暗香弥漫，
双仙执手相携相伴。
漫步云雾缭绕的梅园，
听鸟鸣溪响不觉天寒。

当屋顶升起袅袅炊烟，
梅仙娇容面露笑颜。
手托珍馐款步向前，
两心缱绻情意绵绵，
温暖雪花飞舞的冬天。

玉轮高高悬挂天边，
月影婆娑舞动溪间。
两仙徜徉静坐花前，
一个吹箫一个拨琴弦，
一个作赋一个歌篇，
琴瑟和鸣唱响天地缘。

从晨曦到月夜的流转，
梅苑都充满美丽浪漫。
当雪融化春风染绿群山，
两仙依依惜别于梅苑，
约定来生再续今生梅雪缘。

梅苑仙缘

百花凋落化春泥，
独你披霜绽雪堤。
不与群芳争艳丽，
静迎春色待佳期。

幽山深谷隐梅溪，
碧水粼粼映玉姿。
风拂罗袂舞飘逸，
恍若天仙下瑶池。

晨曦初照染红衣，
薄雾轻笼绕翠枝。
林间传来黄莺啼，
芳径香漫沁心脾。
双仙携手情相系，
漫步梅园意自怡。

檐角烟升云脚低，
梅仙含笑胜琼脂。
珍馐玉酒案前置，
情暖寒冬正此时。

玉轮高悬映碧池，
月华流影韵成诗。
笛韵琴音皆入痴，
一歌一和两心知。
岁岁年年情不移，
生生世世共相依。

春风轻拂柳垂堤，
别却梅苑意若失。
魂绕梦牵情未已，
再约来生续旧痴。

蓝花楹风雨情

翠叶轻摇伴月夜，蓝纱漫舞向天涯。
微风拂过花微颤，馥郁漫洒香如茶。
娇容妩媚柔姿美，为谁钟情绽芳华。
旭光映花添秀色，羞红一抹似流霞。

情鸟栖停花瓣上，暖枝入梦恋还家。
左顾右盼歌清婉，音韵袅袅绕树椏。
乌云翻涌如潮至，雷鼓隆隆震海涯。
骤雨狂风忽席卷，倾盆落瀑乱琼花。

鸟散人离形影寂，唯留幽树立尘沙。
独摇琼梢自翩跹，遒劲枝干意气发。
蓝楹化作紫蝶舞，风雨之中展绮华。
宛若仙子临凡界，轻盈逸态美无瑕。

只因深根扎厚土，何畏暴雨势如麻。
雨霁天晴花更艳，倩影婀娜映云霞。
佳人静立繁英下，浅笑嫣然衬紫葩。
蓝楹美韵情无尽，长伴诗心映岁华。

第三辑　树韵叶情草诗集

陈剑萍　作

一棵孤独的树

不知自己的前世是谁
今世变成了一棵树
而且是棵孤独的树
茕茕孑立于荒路

没有同类陪在身边
微风却是最好的伴
它摇曳着我起舞翩翩
在朦朦胧胧的月光里
柔美的叶影尽情呈现

无任何物遮挡
看到的是更远的地方
没有人欣赏
树叶依旧是碧绿模样

偶尔孤鸟停憩树旁
悠闲觅食在草地上
然后展翅向天飞翔
而我的树根劲扎土壤
无法飞到想去的地方

日复一日，年复一年
就这样孤独伫立在路边
不知自己何日离开尘间
但是只要留在世上一天
就坦然面对雨骤风狂
笑迎星月沐骄阳
把今世的生命尽情绽放

结缘桉树度流年

初见你时
你挺拔向上的主枝
蜿蜒遒劲的分枝
茂密碧翠的叶子
刚劲与葱郁融为一体
在静谧的幽径上挺立

我每天隔着窗
第一眼看见的就是你
看朝晖夕阳之光
把翠叶染得金黄
看雨后七彩虹霓
从树后升腾接穹苍
看绒球花美丽绽放
看鸟儿停憩树枝上
听它们发出不同的声响
黄莺啼叫令人欢畅
乌鸦凄鸣引人悲伤

你伴我度过流年四季
如今你繁茂风采已逝
主枝留下斑点裂纹痕迹
分枝几经暴风雨摧残
纷纷脱落于地
不知归宿在哪里

虽然你依旧挺立路边
但稀疏苍老日趋明显
而我也是春水向东流
一去不再返

望着你想着自己
不禁悲从中来
感叹不已……

我只能坦然面对现实
认定自己余生位置
不与世争不与人比
在清静的幽居里
刻苦学习到老为止

多年前，我搬迁至新居。入我眼帘的是一棵枝繁叶茂的桉树，它挺立在静谧的小路上。但是，历经流年狂风暴雨的摧残，它变得越来越沧桑。我感叹：岁月不管是对人还是对物都是无情的！

既然桉树只要生命尚在，便能不惧外形变化，依然傲立云天；那么人也该像桉树一样，只要活在世上一天，就自强不息迎送朝阳与夕阳！

美丽的红槭树

红槭树宛如佳人亭亭立路边
繁枝茂叶绘就斑斓画卷
一半像春之新绿青翠盎然
一半似夏之热烈嫣红如焰
秋风飒飒中更像舞女轻旋

绝美却不盼尘世目光流连
天然气质流溢于岁岁年年
我于丛绿之中惊鸿一瞥间
发现你独特模样是那么美艳

静静将你凝看
聆听布谷鸟的啼声婉转
此时此刻，杂念皆散
唯余这宁静，在时光里缓缓

绵延……

红槭凋零感怀

黄叶吟着忧伤的歌
离枝坠地
在寒风里飘逝

光秃的枯枝
在风中战栗
于雨里垂泣
孤鸟的啼鸣，更添凄迷

望着眼前萧瑟景致
忆起往昔的你
璀璨夺目，令人赞叹不已
悲潮在心海翻涌而起……

但无需伤怀
只要槭树根脉仍深埋
美丽便不会被流年辜负
人的精神也应像红槭的轮回
只要生命的火焰仍在
奋斗就永不停歇

心中的紫薇树

秋末

落英纷扬落一地
树干寥落显孤寂
无人顾盼独茕立
凡夫俗子刻树皮
俯身贴近辨字迹
伤痕累累心悲戚

冬季

狂风肆虐身战栗
迎雪抗寒傲然立
远方繁华非所系
心无旁骛思禅意
默默坚守一方地

春季

仰望碧空无尽际
不骄不躁待春期
春风细雨润新枝
叶茂枝繁绿满披
郁郁苍苍染四堤

夏季

暑风摇曳舞炎季

紫薇绽放花满地
满树紫花展秀丽
游人如织入花畦
阵阵芬芳沁心脾
沉醉花海美如诗

紫薇树下的乡愁

漫步紫薇树下
凝眸欣赏素芳
紫薇翠叶随风摇荡
素绡花瓣漫舒云裳
鹅黄花蕊绽中央
它们翩舞绿枝上
引来蜂蝶嗅清香

忆往昔盛夏紫薇绽放
嫣红姹紫映骄阳
不知何因
看今时却是淡雅素妆

难道人间多少事
让你收尽艳丽妆?

夜风拂过透寒凉
细雨淅沥落轩窗
仰望苍天问远乡
归期究竟在何方?
天沉默,雨敲窗
惑与怅,满心藏
一声轻叹入书房……

情洒秋枫

题记:

秋天,我来到迤逦的枫林山,被蓝天下霜叶红似火的旖旎景象所吸引。然而更吸引我的是一棵紫枫,满树绛紫,静静耸立一隅,暗透幽幽冷香。一阵劲烈的秋风掠过,木叶纷纷飘落,与地面上的落叶,叠加成紫金地毯。我似孩子般地掬起一簇簇枫叶,旋转着抛向天……

霜叶尽染
飞红漫过山冈
紫枫静守一隅
傲立林旁
娇美不争宠
愿把配角当

霞云舞影

揉碎粼粼水光
紫叶逐霞空缱绻
独留怅惘

寒风萧瑟
漫卷落木旋寒苍
雨打枯叶泣离殇
引我幽思蹙眉长
墨染素笺诉愁肠
一片紫枫寄情长

秋山红枫伴梦思

蝶舞翩翩，雁语声欢，桂香传。
霞影斑斓，光浮谷涧。
溪水潺潺，绿蜓翩跹。
枫红艳，染山间。

秋风瑟瑟，落叶飞旋。
望苍天，心涌潮翻。
朝云暮雨，岁月如烟。
枕思入梦，情千缕，意万绵。

枫林情

碧草葳蕤接岚天
枫红灼艳染秋山
雨如珠玉响苔径
风似弦歌绕石泉

彩霞织锦千林秀
白雾笼纱万壑间
野菊婀娜伴枫颜
雁鸟展翅破云巅

清气沁心魂欲醉
枫林蕴梦遐思连
忽来狂风卷飞叶
残片纷飞绕树旋

手掬丹枫抛远天
目凝远岫忆华年
不知落叶归何处
唯愿他生再续缘

凄美紫枫叶

春光抚枝催新芽，
夏雨淅沥润树桠。
秋霜调色披紫纱，
枫林丛中一朵花。

紫袂翩跹舞婀娜，
柔情似水泪轻洒。
芳心忐忑为了君，
只愿随君赴天涯。

初冬风卷叶离枝，
旋转飞扬飘摇下。
飘落尘埃亦优雅，
一片紫叶五星花。

君捧紫叶意怆然，
依依不舍终放下。
泪沾枯叶终成殇，
只待来生带回家！

情寄紫枫

秋风似呜咽的琴弦
瑟瑟声传向枫林
一枚紫枫叶
宛如紫蝶在空中翩跹
优雅飞落红黄织就的锦毯

它淡雅而又素艳
婆娑摇曳的光影
为它添几分柔婉

我脚踏柔软叶毯
盈盈上前
将它视若珍宝轻轻拾起
捧于掌心之间

周边的树仿佛凝立
风也悄然停止
我似乎进入恍惚之境
见君的身影跃然于叶片

细察叶茎纹路
好像看见君含愁的双眼
盛满孤寂
如困于荒芜的山峦

心底默默呢喃
莫要忧愁
也别感到孤单
当夜幕垂下，皓月高悬
银河中出现双星闪烁
似我美丽的双眼
流露出情思绵绵
穿透夜色向君蔓延

愿君入梦能看见
在澄澈的海岸边

有个晶莹的漂流瓶
随海浪起伏翻转
缓缓漂至眼前

请君启封细看
定会发现红枫与诗笺
上面有甜蜜回忆和殷切期盼
似暖炉驱散霜寒
就让它陪伴身边
直到我们天涯海角相见！！！

秋山枫韵寄情绵

走进枫林
徜徉被霜叶染红的秋山
抬头仰看
云卷云舒舞动蓝天
小鸟挥翅飞过眼前
低首俯瞰
野鹤嬉戏溪水之间
秋花在碧草中摇曳翩跹

山中空气新鲜
犹如被雨洗过一遍
树丛飘逸出的香味
恰似兰馨沁入心田

走过一坡又一山
在幽谷深处
在流水潺潺的溪边
一棵开满紫叶的枫树
静静伫立我的眼前
显得那么娇艳且孤单

一阵狂风袭过山间
吹得枫叶离枝飞旋
或落尘土，或飘水面
吹得心海泛起漪涟

捡起一枚叶片凝看
叶脉似珠网般紧连
好像是把千思万缕的情牵
思绪也随之飞向云的那端

枫叶啊
多想你能变成紫仙
替我捎上幽思缱绻
飞越万水千山
落在彼岸……

柿树父母情

一棵硕大的柿子树，

静静挺立在院中央。
几缕轻柔的叶影，
月下婆娑于树两旁，
映衬出院内的静谧安详。

果实似灼艳红枫，
在秋风里微微摇晃。
清晨那闪耀的亮光，
开启院中人崭新的希望。

树上的枝叶啊，
轻柔摇曳着父母深情目光，
热烈舒展着父母殷切期望。
发出的清脆声响，
恰似父母笑声在空中回荡。

你四季轮回的模样
宛如父母日夜奔忙，
辛勤把孩子培养。
骤雨狂风中倔强摇晃，
恰似父母送别孩儿模样，
满心的不舍和惆怅，
化作泪滴一行行。

今天伫立挂满果实的树前，
敬佩你依然坚韧挺拔的模样。
感恩你不惧风雨侵蚀，
不畏岁月沧桑的摧残，
年年岁岁守护这方小院，
你虬曲的枝干里，
藏着岁月沉淀的温柔与力量，
就像父母永远把孩子守望。

你谱写着父母生命的华章。
即便如今父母已不在身旁，
自己青丝也染上白霜。
但你和父母的形象，
永远在尘间闪耀璀璨光芒，
如同星辰照亮我们的心房。

我是一棵小小草

题记：

小草没有花的芳香和美丽，没有树的伟岸和挺拔。但是它不怕严寒酷暑，不怕风吹雨打，傲然绽放坚强的生命，把世界装扮成郁郁葱葱、生机盎然的样子。

人类，有亿亿万万个普通人，他们就像小草一样，平凡而又坚强，正是有了他们，世界才有了有血有肉、有情有爱，灵动纷呈的美好凡间。

我是一棵小小草

我长在花海里
没有花的绚烂多姿
也没有花的馥郁香气
却把花衬托得更加明丽

我长在大树下
没有树的伟岸挺立
也没有树的磅礴气势
却能自由地舒展生机

我长在花园中
经园艺师精心修剪打理
化作郁郁葱葱的绿毯
供人们惬意地嬉戏休憩

我长在小河之畔
与粼粼清波相望相依
脉脉倾诉缱绻情意
誓约水不干涸根不腐永不分离

我长在荒岭幽僻处
任云雾缭绕将我遮蔽
即便野火无情来袭
刹那间把鲜草吞噬
只要根在泥土不烂
亦将重燃希望生生不息

飘零亦芳华

夕阳西下染流霞，
叠嶂重峦披锦纱。
茕茕孤影山中立，
归鸦疾飞过山崖。

望断长天羁路远，
萍踪所至即为家。
愿化纤草战霜雪，
随风展叶自芳华。

第四辑　飞鸟虫灵集萃

陈剑萍　作

翠莺瞬飞引遐思

题记：

当一群美丽的翠莺，突然出现在你的眼前，而后又倏然消失不见，会是怎样的感受呢？

晨鸟婉转的啼鸣，
恰似清脆的风铃，
将我从睡梦中唤醒，
悠悠开启新一天的旅程。

漫步葱茏幽径，
尽享氧吧馈赠。
透过枝叶洒落的阳光，
仿佛为小路披上灿烂的金装。

行至花海翻涌处，
忽见一群翠莺轻盈掠过，
振翅飞向天际。
它们转瞬栖落枝桠间，
叽叽喳喳喧闹不停，
似在嬉戏，似在欢唱，
宛如人与精灵邂逅时，
方能看见的绮丽图景，
我望着这灵动的画面，
不禁沉醉其间。

我急忙掏出手机，
想要拍下眼前的美丽景象。
忽闻“嗖”的一声轻响，
伴随着“扑扑棱棱”的振翅声，
翠莺如流星般消失得无影无踪。
唯有枝叶在风中轻晃，
独留我一人伫立，陷入遐想。

唉，莺飞不过刹那，
却让我思及大千世界——
多少人事，
因利而聚，因利而散，
恰似浮萍在水面漂浮，聚散无定。

然而，无论现实如何波谲云诡，
我心中的信念始终坚如磐石。
我将一如既往，
追逐那熠熠生辉的梦想。

孤鸦

一只孤独的乌鸦，
停歇高枝上。
不住地哀唱，

哑哑声悠长。

忽然舒展黑色翅膀，
振翅翱翔，
啼声清亮，
是否逢上同伴？

此诗以孤鸦为引，实则勾勒人的心境流转。诗中乌鸦从哀鸣到振翅、啼声由沉郁转清亮的变化，恰似人在困境中不甘沉沦，毅然踏上寻找希望的旅程，传递出永不言弃的生命力量。

翡翠鸟

碧羽流光的翡翠鸟，
在枝头自在啭鸣，
未觉厄运已在近旁。
林间骤闪霜光，
双箭齐发穿胸膛！

此诗表面写翡翠鸟，暗指人间世事变化无常。

老鹰

一只孤独的老鹰
病魔缠身
无力展开翅膀飞翔
也无力再去寻觅食粮
只能静静地、静静地
陨落在夕阳西下的幽谷中
暮色漫过它不再起伏的胸膛

此诗：借喻病入膏肓，无力回天的人。

鸟欢人伤感

天阴阴，云灰灰
树叶在狂风里翻飞
一片枯叶卷落
惹起心底暗澜
众鸟不知
暴雨将至
仍在枝头啁啾欢啼

此短诗暗指：幸福中的人，怎能知晓厄运会马上降临。

——后记

观鸟

小莺栖于龙舌兰枝
四顾意自怡
上下翩跹与柔叶戏
久凝望不敢扰其姿
叹也欣，喜也欣
人鸟同享自由呼吸

此诗暗喻，世界上任何一个有生命的物体，只要活着，都享有自由的权利！

飞往天堂的鸟

题记：

每天，我看到最多的是在天空飞翔的鸟。它们有时会停在翠树间、花坛中、露台栏杆上嬉戏、鸣啼。当我拿起手机走近，它们瞬间展翅飞向远处。

年初一清晨，我透过落地窗，看见一只小鸟一动不动地躺在露台地上。我想救活它，却无济于事。我的心仿佛跌入冰窖一样冰凉，一整天恍恍惚惚……

第二天早上，我望着太阳，自言自语说：小鸟很平凡，说走就走了！我也很平凡，渺小到仿若沧海一粟。但是，我有自己的追求和愿望。我要学芙蓉，出淤泥而不染，于纷杂尘世坚守善良本心；学梅花，不争春色却报春信，默默耕耘，不求回报；学康乃馨，怀一颗感恩之心，铭记滴水之恩，以涌泉相报。

不与“以小人之心，度君子之腹”之人为伍。因为，他们充满负能量，所到之处，是非滋生不绝。况且很难改变他们长久以来养成的陋习。

假若我能坚持做到这些，即使有一天，像小鸟飞往天堂，我也无悔此生！

寒风拍打着落地窗
我透过玻璃
看见孤独的你
静静躺在地上
走到你的身旁
你没任何声响
也不展翅飞翔

我取来蓝色果盘

盛满清澈的水
放到你的面前
口中轻轻低喃
……

小鸟，你要坚强
喝口水，才会有生命迹象
可是，你还是一动不动
保持原来的模样
此时，从桉树传来
小鸟凄切的啼鸣
我看见停在树枝上的孤鸟
对着你一边叫一边望
也许为失去你在挽唱

我目送你，化作一缕轻魂飞往天堂
心像跌入冰窖一样凉
不知道是怎么回事
一整天都很悲伤
……
月亮爬上了夜空
缕缕银线洒向地上
我安慰自己
快进入梦乡
醒来迎接的
仍是一片灿烂阳光

蝶谷情笺

题记：

我来到蝴蝶谷，看到美丽的蝴蝶满天飞舞。有的在花丛里嬉戏、缱绻，有的围绕身边飞旋，有的还会停留在肩膀上，让人感到无比亲近。

蓝蝶非常美丽，一生只爱一雄蝶，也只嫁一雄蝶，因而留下忠贞不渝的美名。这让我不禁想起尘世间如梁山伯、祝英台般的爱情——虽然最终未能修成眷属，却留下了永恒的爱。

蓝蝶翅膀像海一样湛蓝
似蓝色宝石镶嵌上面
阳光照射，美丽斑斓
它翩翩飞舞花海间
寻觅一生钟爱的伴

黄蝶双翅像菊一般金黄
似琥珀金粉晕染身上
夕阳折射，闪烁金光
它穿梭花海中央
寻伴一起闻花香

站在蝴蝶谷中间

观双蝶缱绻缠绵
见山伯英台匾额高悬
不禁感慨万千……

仿若看见你
紫色褶裙在风中舒展
乌黑长发于花间飘曳
你穿过整片玫瑰花海
向他走来
多想飞入他的胸怀
但是不能
只因你们中间横亘着天涯般的距离

他站在花海那边
蓝色风衣随风飘起
双眸流露爱的情意
他看见你似燕子般飞来
多想拥你在怀里
展开的双臂却戛然而止
只因你们中间矗立着冰山般的阻隔

你们相爱心中明知
却装作不认识
擦肩时眼底流出万般无奈之情
将深情眷恋变成无声的凝望
而后在暮色渐浓的花海中
各自转身，只留满地残红
见证这场错过……

诗中“你”“他”是泛指。诗中“天涯”“冰山”，暗喻由于各种客观原因造成不可逾越的鸿沟。

鹰之重生

题记：

《鹰之重生》想到了我们的人生，也是如此。当爱情遭遇情变，婚姻惨遭破裂，可以夜夜辗转难眠，痛彻心扉，泪眼婆娑。但必须知道，世界上没有任何人能够拯救自己，只有从痛苦深渊中勇敢跳出，才能获得重生！

当事业跌入谷底，遭遇挫折，碰到瓶颈，乃至失败、企业破产，可以颓废消沉，一蹶不振，万念俱灰，怨天尤人。但必须明白，世界上虽有同情人，却无能为力。只有凭借坚强的意志从绝境中走出，才能获得重生！七十载的生命。

鸟中之王
四十岁的时候

面临死亡与重生的抉择
重生之路漫长难熬
却是唯一的希望

没有同类陪伴
只有孤独的自己
扇动着两只无力的翅膀
缓缓飞向巍峨山顶

在悬崖峭壁处筑成鸟巢
作为栖身之地
抵御狂风暴雨的侵袭

以喙奋力撞击岩石
直至全部脱落
不吃不喝，凭借坚强意志
静等新喙长出

用新喙拔去老化的趾甲
一根一根地拔
鲜血一滴一滴地流
忍受着难以想象的剧痛
静等新的趾甲长成

用新的趾甲拔掉枯死羽毛
一根一根地拔
鲜血一滴一滴地流
痛彻心扉
静等新的羽毛长出

经过漫长、惨烈、痛苦、孤寂的
一百五十天
鹰重生了！！！

当你对天长鸣，
展翅飞翔的刹那
蔚蓝色的天空为你骄傲
高耸的山脉为你欢呼
苍翠的松柏为你摇曳
坚韧的仙人掌为你歌唱

你终于离开了危峰兀立的山顶
飞翔在深邃无垠的天空中
飞翔在碧波万顷的海面上
飞翔在崇山峻岭间
飞翔在茂密的森林中！

这就是鹰的重生
也象征着
人经历了生死考验之后的
涅槃重生！！！

我和孤鸟

不知从何时起
黑鸟静栖屋顶
茕茕凝立
仿若寂然神思

我静静凝视它
生怕惊扰这份宁寂
低语轻询有何意
悄言试问别群有何悲？

它身后乌云翻涌遮蔽天际
脚下却燃起金焰般的夕晖
不知它为何不转身
不知它为何不低头
始终向着夕阳昂首挺立

我欲执画笔
绘下这神奇的景致
无奈灵感如舟搁浅沙滩
我与孤鸟
就此定格于同一画框里

时光悄然流逝
黑鸟忽展双翅
如离弦之箭
瞬间消失于天际
独留我遐想凝思

凡间孤独人仿若黑鸟
远离喧嚣尘世
坚守自己的洁净之地
自在呼吸！！！

梦萤流光引遐思

雨丝飘落，夜幕垂降
淅沥轻响，伴我梦乡
朦胧幽梦，遇见萤光
游丝般影，舞至我旁

双翼闪烁，幽微之光
引我移步，瑶圃正央
流萤织就，星河之网
芳庭夜空，映得辉煌

尔绕紫薇，旋舞轻扬
紫薇展靥，笑意盈眶
我展丝裙，翩跹中央
恍若踏入，蓬莱仙乡

清风吹散，萤火幽光
梦醒时分，思绪飞扬
萤火虫每到一处地方
就为黑暗，点燃希望
为迷途者，照亮归乡的方向
而我，把流萤璀璨写就诗行
让这份温柔，在心底生长

我是一只小萤虫

我是一只小萤虫，
轻声吟唱露笑容。
彩翼流辉意未穷，
轻飞曼舞诉初衷。

繁星烁烁浮苍穹，
微光点点似碎琼。
星儿能否把我拥？
相映流光意韵浓。

共飞山川与花丛，
清风为伴月为踪。
照亮静谧的夜空，
此身永耀清辉中。

孔雀赋

当万物在天地间苏醒
你们栖居的云庭
似被迷雾笼罩的秘境
撩动尘世万千仙幻绮梦

洁白孔雀
是传说中爱的精灵
当轻柔丝羽缓缓舒展
于爱人面前翩然起舞
这是你对爱的深情表述

蓝色孔雀
乃“凤凰”化形的精灵
你似遥不可及的苍穹
深不可测的瀚海
当羽翼抖动、华屏尽展
宝石蓝的光芒随风流转
弥漫着浪漫的气息
这是你对美的热切渴望

紫色孔雀
是神界的吉祥精灵
深邃眼眸柔情似水
隐现淡淡忧郁

似为人间疾苦感伤
当紫色羽裳徐徐铺展
优雅旋舞间
美得惊心动魄
或许这是你爱的无声绽放

金色孔雀
是传说中的“神鸟”
天神赐予你金色华羽
盼你展翅翱翔时
将温暖与幸福洒向人间
开屏刹那
华光灼灼似金乌耀世

孔雀，百鸟之王
象征着高贵、典雅与吉祥
艺术家以妙手
雕琢出你们灵动的神韵
文人于闪烁羽光中
寻得灵感，写下浪漫诗行
游客为你们的风姿惊叹
赞咏、倾慕与喜爱交织
谱写出一曲人与自然的共鸣乐章
此般，便是万物共织的瑰丽长卷

雪雁

玉羽凌空破云起，身姿优雅逐风翔
列阵排空过水泽，破雾越海赴远方

羽翼飘逸狂风抗，不惧暴雨放声唱
齐心振翼上穹苍，霞光引雁向归乡

袅娜立于水中央，寻伴啼鸣音绕梁
成对成双舞湖上，逐波戏浪乐未央

素羽如霜神高雅，洁志若梅韵自扬
仙禽逸态留清影，入画成诗墨亦香

勇敢的鸽子

一只白鸽划破穹苍
似灵动的精灵逐风而上
怀揣炽热的向往
从南半球展翅起航
向着北半球的故乡翱翔

停歇在层峦叠嶂
俯瞰云海翻涌波浪
目光如炬锁定远方
掠过葱郁的林海苍茫

拥抱黎明第一缕曙光

穿梭在云雾迷障
如智者，从容不慌
心向远方，何惧迷航
海面骤雨，翻转巨浪
暂躲航船，静待阳光
纵使不安，心底生长
信念依旧，如初滚烫

湖畔邂逅天鹅成双
于荷塘间曼舞轻扬
优雅的倩影，醉了波光
白鸽双眸流出羡慕微光
转瞬即逝，藏进心房

月夜幽长
杜鹃悲啼在花旁
声声泣血，诉尽离殇
白鸽泪落，湿了翅膀
那是乡愁，在心底肆意流淌

振翅，振翅，向着朝阳
白鸽掠过碧波浩渺的海洋
刹那间乌云压境，疾风如狂
闪电劈开长空，雷声震响
羽翼在风暴中摇晃

勇敢的白鸽啊
坠入汹涌的海浪
凝望东方的目光，依旧倔强
奋力游弋，志在远方
生命却如残烛，在风雨中消亡
沉入深海，化作海洋的诗行

第五辑　山

陈剑萍　作

醉山幽情恋

酷爱群山，破云踏雾的豪壮
酷爱青松，四季凝翠的模样
酷爱瀑布，飞珠溅玉的奔放
酷爱溪流，顺坡欢腾逐碧浪
酷爱山花，遍野琼芳的盛放
酷爱山鸟，穿云振翅的欢唱
酷爱山间，沁脾清新的凉爽
酷爱山中，氤氲岚气的景象

我走入蜿蜒逶迤的大山
仿若踏入隔绝尘世的桃源
登上巍峨雄伟的山峦
依偎在苍劲古木的身边
野草如绿仙自在地翩跹
山花似星子闪烁在眼前
心湖也泛起层层的微澜

一缕缕柔云漫过足尖
缓缓升腾似要托我飞天
朦胧恍惚间神思飘远
仿若进入虚无缥缈的仙苑

静静地坐在嶙峋石上
听溪水叮咚在耳畔回响
看瀑布自山巅倾泻飞扬
斜阳把素练染成七彩光

弯月如钩悬在天幕上
树影婆娑随风轻摇荡
手捧红酒独倚小轩廊
抛却万千思绪心自安详
只愿醉在这静谧的月光

南山情

闭目驰思，仿若见田园诗宗陶渊明
在云海中隐约现身
他身袭青衫，踏云而来
向着南山，缓缓降临
……

南山啊，你藏着令人逍遥的神秘
“采菊东篱下，悠然见南山”
那千古的诗句，彰显你的魅力
让无数颗心，为之沉溺

春的南山，是花的盛宴
缤纷色彩铺展成旖旎画卷
杜鹃红似跳动的火焰
溪流绕小桥，低语缠绵

早莺枝头啼声婉转
桃花漫山野，香溢人间

夏的南山，有清凉的绿幔
浓荫下，碧泉私语呢喃
山如天然屏障，界分凉炎
峭壁间，瀑布银河落川
玉珠飞溅，灵动四散

秋的南山，红叶风中旋转
似思念，轻落在青石畔
庭院里，菊花旋舞柔曼
摘一朵，细品秋的恬淡
落叶如时光纸笺，写满眷恋

冬的南山，白雪尽染峰峦
竹林翻涌，似潮声隐现
清音悠悠，漫入心田
对酒当歌，诗行雪中舒展
画笔勾勒，银装素裹山川

南山，心中的世外桃源
任岁月流转，情丝绵绵
愿化清风长伴君前
岁岁年年，共醉这梦幻人间

心系南山

水漾锦麟纹，枫曳醉影舞
树绕峰峦瀑布飞，人在山中住

步步频回首，依依别旧游
待得来年霜染秋，定返南山赴

咏泰山

泰山巍峨立宇寰
云雾缭绕映碧天
奇峰突兀耸千仞
怪石嶙峋向云端

飞瀑直下流涧底
松涛惊雷响山间
北山昏暗少晴日
南麓明媚多紫烟

欲登绝顶览众山
俯看群峰若浪翻
繁花曳影惊白雁
云海浮光染翠峦

丹青妙笔绘奇观

旖旎风景入画笺
愿化清风伴山岳
长留此景在人间

醉山吟

登峰顶，极目望
翠峰连，起伏状
移轻步，巨石旁
碧草蓁，野花香

松叶舞，随风飏
云海涌，空中荡
岚气升，氲山冈
欲乘云，飞碧苍

幽谷深，闲徜徉
溪声脆，绕耳旁
瀑飞泻，玉珠扬
霞映溪，闪霓光

月如钩，悬天上
邀好友，美酒赏
吟一阕，韵悠长
醉山光，心飞翔

暮山友聚醉忘尘

暮色隐青峦
余晖一线牵
明月伴双影
悠然下岭巅

幸至友庭前
稚童笑启关
修篁通曲径
萝蔓拂青衫

把酒言欢畅
松风入席间
曲终星欲坠
曙色破云端

我醉君同乐
相忘俗事煎
是非皆抛却
心随野鹤翩

第六辑　日华星影月魂诗萃

陈剑萍　作

情洒日月

独倚露台栏杆
极目远望长天
旭日一片绚烂
染红连绵群山

欲想借助霞焰
把沉寂心点燃
温暖之臂伸展
拥抱美好之恋

暮帷缓降海滩
灯光斜射水面
月辉波影浮幻
柔曼飘悠跹跹

心如快乐飞燕
凌波嬉逐碧澜
月影同吾共欢
扬起浪花如莲

海风吹拂笑颜
发丝罗袂翩翩
风送弦歌缱绻
柔情涌溢心泉

欲邀良朋来到海边
面对长空皎皎玉盘
横琴把盏咏叹情绵
情流曲韵歌尽尘缘

望月

一轮月亮
悠悠穿行云中央
柔柔银光
轻洒大地上

我伫立杏树旁
抬头凝望穹苍
对着皎洁月亮
倾诉思乡衷肠

此刻故乡的天幕上
是否也镶嵌着月亮
是否也露出圆圆面庞

多情的月亮
是否透过婆娑的树影
看见昙花仙女
翩舞花丛中央
韦陀吹笛陪伴身旁

调皮的月亮
是否已飞入黄浦江
将身影融入粼粼水上
随着漪波轻舞欢畅

美丽的月亮
可否知道我的念想
可否把我深深期望
揉进你那宁静月光
洒向遥远故乡
捎到亲友心上

月夜乡念

斜阳西沉隐入瀚海
初月东起悬照浩苍
旷野岚烟轻笼山径
幽湖碧水漫映竹窗

霄汉洒下缕缕清辉
大地宛如铺就银霜
抬头遥望一轮冰月
回首思念万里故乡

望月遐思

一座美丽的城
住着一个孤独人
薰衣草在风中摇晃
黑鸽低鸣于杏枝上

心也可以自由地飞向天边
人却越不过万水千山
飞到梦中想去的彼岸
只能徒留怅惘，空自长叹

遥望一轮圆月挂穹苍
把嫦娥奔月神话遐想
云雾深处似见她模样
身着七彩霓裳飞扬
挥罗袖，漫舞玉庭中央

美丽忧伤的脸庞
落泪晶莹似霜
簌簌洒向苍茫大地
飘入后羿梦乡

夸父追月心悲凉
中秋独立园中央
孤寂身影映月光
深情眼眸，把月仰望

收回思绪看红尘陌上
人间多少相爱成双
此时却天各一方遥望
试问何日才能欢聚一堂？

月夜抒情思

冰轮悬挂深邃穹苍
影落幽湖涟漪轻漾
远际灰云翻涌波浪
平林宿雁觅巢归翔

素娥悄然移转南窗
兰影袅娜轻飘西墙
独立静谧露台中央
晚风拂起一片念想

凝眸静对一轮月亮
桂殿不见仙袂轻扬
玉兔也未陪伴身旁
引我心底蔓延惆怅

月夜清幽冷风拂凉
情思缱绻萦绕柔肠
转身暂别天边月亮
愿随梦魂归返故乡

情洒望月诗成行

灰云层叠漫卷暮天
如墨尽染绵延群山
一轮圆月破云而出
银辉闪烁晕染外圈
里面有着朦胧图案

独坐露台，静观庭苑
薰衣草与马蹄莲
在月华下轻摇翩跹
仰头凝望皎皎玉盘
忧愁悄然漫上心间

对着明月轻声呢喃
诉尽心中万千缱绻
月亮啊，月亮
人能否将红尘往事尽忘
不再牵挂，不再怀想
不再因愁绪泪湿衣裳

欲执玉盏，琼浆装满
对月独酌，一醉方酣
奈何月色，忽然黯淡
隐入云帷，不再露面

等啊等……

等来疾风摇叶乱舞飞扬

等来冷雨引愁飞向远方

美丽、温柔的月亮

是否也会流泪，把离殇

化作凄雨一场？

流星

弯月悬于深邃穹苍

流星倏忽划破云裳

携光飞赴远方

刹那芳华绽放

化一道炽焰流光

撕破夜的苍茫

燃烧生命璀璨翱翔

一道潇洒的弧线

闪烁绮丽的光芒

将最美的瞬景定格

凝成希望之光

无畏陨落于幽谷或天堂

第七辑　云涯海韵集

陈剑萍　作

我似一朵云

我似一朵洁白的云
飘浮深邃苍天
虽有星月相伴
仍感孤单

不知是何缘分
也不知是何命运
永远留在南方
成为游离的云

我欲穿越云端
飞赴遥远北方
不为那里柳绿花红
不为那里日月星辰
不为那里山水风光
只为心中牵挂的人——
愿化作一朵祥瑞的云
永远飘浮在九霄之上

望云寄情

一朵白云，飘浮暮天。
星月相随，仍觉孤单。
不知是运，还是天缘。
永远留在，天之南端。
成为游云，思念故园。

欲飘万里，飞赴北原。
不为柳翠，不为花艳。
不为四季，不为归燕。
只为看见，亲友团圆。
变成祥云，祈福人间。

云雨

残云穹苍走，
骤雨大地流。
云雨在一起，
唱尽天下忧。

魔影缠寰球，
何日才罢休？
谜团几时解，
惆怅涌心头。

世间多善意，
何惧有烦忧？
祈盼苦雨霁，
晴朗代阴愁。

遥问云雨

美丽云朵飘游天上
是否看尽，尘寰的丑陋与善良
是否目睹疫魔肆虐，人间苍凉
空怀悲悯，徒留感伤

化作伤心雨，从天而降
凄厉的雨滴，是否为逝者哀伤
哗哗声响
是否想把尘埃涤荡
换一缕清新，伴微风吟唱
抚慰众生，不要彷徨

我凝望云海，倾听雨音
心中泛起阵阵惆怅
美丽的云和多情的雨啊
我愿借你们的形与声为笔
书写天下众生的祈望

待这场劫难散场
只要生命仍在人间绽放
定能
遥睇黎明灿烂曙光
远看傍晚瑰丽夕阳
仰望夜空皎洁月亮
再赏这世间美好模样

画云心境

云柔软得犹如絮绵
飘飘悠悠飘聚梅苑
忽然又像冰岛火山
吞吐浓雾飞溢弥漫
遮盖苍宇一瞬之间

白龙幻作玉车驰远
王子公主驰骋甚欢
云海之上峰连不断
青霭微掩半露月团

惊雷声响天地昏暗
云隐穹庐悲泣连连
雨霁瑞彩兴舞舒展
妙姿轻盈飘逸翩跹

云山起伏似海深浅
远眺天地一线之牵
圆月银芒静洒窗幔
恍见绮云轻晕画笺

与云说话

是谁为你披上七彩霞衣
让你曼舞在浩瀚的天际
是谁泼墨将你染成黑色
让你在昏暗中游离
又是谁引雷电把你袭击
一道道剑影刺向你
暴雨倾泻大地
那是不是你
洒下的伤心泪滴

是谁把你化成美丽瑞霭
氤氲山巅上的青松翠树
是谁用朱曦光把你晕染
云海中浮现出琼楼和玉宇
又是谁让你如绵如丝般的祥雾
在行人脚下升腾
使人飘飘然欲飞
细雨弥漫山谷
那是不是你为了润泽万物
降下的甘霖

谁用天神之笔
把你绘成绚烂彩霓
是谁把你的柔美
荡漾在碧海清波里
又是谁将你的美丽
定格在人和海的同一画面
雨滴嘀嗒嘀嗒
让海水泛起涟漪
那是不是你为了和大海一起歌唱
奏响人间最美的乐章

我为什么那么那么爱你
把你当作有生命的物体
那是因为你象征着纯洁和美丽
给人带来美好的遐思
我愿化作风中的一缕清丝
永远追随你变幻的轨迹
我要用手中的画笔精心描绘你
我要用最美的文字热情赞美你

海与人海

海很深，深不可测
海很大，浩瀚苍茫
人与海为伍
是用来生计和欣赏
若遇暗涌或漩涡
却难免劫一场

人海很深，深不见底
人海很挤，令人窒息
与人海为伍
是生存于夹缝
稍有不慎
坠入苦渊，难以回生

海以波纹为镜
折射灵魂深层次的影
影里有黑暗和欲望
也有纯洁和善良
魂影演绎得倾情
水镜却沉默不语
因为海不会说话

人以人海为镜
需在镜上涂一层彩膜
戴上漂亮的面具演绎
折射出来的影永远美丽
那些深层次的想法
成了不能表达出来的秘密
原因在于人会说话和传播
为了生存，不得不将真实的灵魂层层
包裹

望海听风幻想

我来到湛蓝海边
站在金色沙滩上
看海水卷起波浪
听海风呼啸耳畔
望海鸥翱翔碧天

忽然有一种幻觉
借南风化作候鸟
飞向北方圆心愿
可这思绪还未飘远
就笑侃着自己
怎么会有此妄想

暖风阵阵拂过身旁
仿若一双温柔的手
轻轻抚摸我的脸庞
柔情之水心中荡漾
风啊风你可否吹走
我思念远方的忧伤
可否载着我的思念飞向远方

与海说话

你碧波澄澈倒映蓝天

胸怀宽广浩瀚无边
内涵很深无法丈量
时而安静随风摇曳柔波睡床
时而热情溅起浪花水面飞扬

我像浮萍随波摇晃
在人间孤独流浪
常常为光亮的圈内
看到一片空洞而迷惘

直到那一天
我带着满心疲惫走向你
双眼透出忧郁目光
孤独地唱着一首凄美的歌
歌里流淌着悲哀和沧桑

你似乎懂我伴着我唱
拍打韵律的节拍
婉转清脆又悠扬
我欲想扑入你的怀抱
沉睡在这静默时光

从那以后
你成了我灵魂的港湾
我爱你至痴狂
常常对你
倾诉我的思想
倾诉我的悲伤
倾诉我的衷肠

每次诉说完毕
我会告诉自己
这是最后一次打扰你
但又控制不住自己
喧闹的世间难以寻觅
像你一样可以信任的诉说地

春去秋来似云烟飞逝
万物聚散离合终有时
今天也许是
最后一次来看你
我要尽情倾诉心中所思
而后把所有念想深埋心底
带着一颗孤独却不再彷徨的心
继续在人间流浪
勇敢地走向远方

浪花飘飞

浪花飘飞，卷起多少思念
浪花翻涌，托起多少情缘
浪花飞在海中间

多少的誓言，多少的爱恋
默默藏在心中间
但愿此生永不变
浪花朵朵飞，飞满海，爱意漫无边

浪花飘飞，勾起多少怀念
浪花奔腾，涌起多少眷恋
往事如梦散如烟
多少的相聚，多少的场面
纵然相隔千万里
但愿真情驻心间
浪花朵朵飞，飞满海，情长永不断

珊瑚和礁石

你是坚硬礁石
我是柔软珊瑚
你那牢不可破的躯体
就是我温暖港湾

我紧紧依偎你身旁
展开五彩缤纷翅膀
装点我们绚丽的家
彩鱼在我们身边
欢快地游乐玩耍
游客穿梭其间尽情观赏
这座斑斓花园
永远绽放在深海之下
我和你此生相依相伴
永不分离，直至海枯石烂

海浪赋

你似自由飞龙
驰骋浩瀚汪洋
舞动碧海巨浪
惊艳世人目光

柔波轻盈，涟漪荡漾
恰似青龙，睡卧海床
皎月有情，与海相望
夜空静谧，万物安详

骤风撼醒，瀚海巨龙
平静海面，腾起巨浪
如渊底涌出琼英玉瓣
似天际纷坠玉絮飘飏

金乌破晓，倾泻柔芒
碧波粼粼，跃动金浪
宛若金翎，舒展云裳
穹波之上，光影颉颃

落霞染红穹苍
岸边灯火辉煌
仿若海神召唤
海浪焰火盛放

晚风漫卷细浪
悠悠飘向远方
刹那海空之间
如仙娥抛洒的绵絮轻扬
似金玉凌空的钻石纷降

风歇，皎月悬于天上
浪止，青龙再卧海床

有一天，朋友发来一段海浪视频，我瞬间被震撼！写下与视频有关场景的诗。

海水韵

你摇曳柔波于海面
恰似母亲轻摆睡篮
哗哗声，如哼唱的摇篮曲
音律和谐，稚儿安然入眠

微风拂过，泛起层层涟漪
浪花飞向空中旋转
似顽童嬉闹抛洒珍珠
如倩女起舞衣袂翩跹

乌云翻涌，压向沧海
狂风裹挟暴雨倾泻
涛声如雄狮怒吼震天
浪涌似玉柱直上云端

雨过天晴，彩虹悬于天边
霞光浸染碧波一片
粼粼波光闪烁七彩珠片
若仙女霓裳随风舒展

皓月当空，悬挂浩瀚苍穹
银辉洒落无垠海面
月影随幽波摇曳翩然
海天相映，诉尽柔情万千

第八辑　春

陈剑萍　作

早春美

小溪欢唱过山涧，
玉兰含笑露娇颜。
蝶影翩跹戏芳蕊，
山桃初绽映霞丹。

仰望苍穹云舒卷，
风送兰香沁心田。
垂柳柔枝轻摇曳，
莺啼清脆韵悠然。

细雨淅淅落湖面，
雨霁彩虹挂天边。
鸳鸯戏水双栖乐，
眼前掠过一群雁。

衔上游子思乡愿，
飞越万水与千山。
祈愿亲人皆康健，
心怀憧憬迎春天。

早春芳情悠

轻步入花海
紫蕊竞相开
香馥萦心醉
伸指欲撷来

精编花环美
当作云髻钗
惜花不舍摘
停手久徘徊

裙袂随风曳
绿叶映笑腮
蝶恋蜂忙处
莺啼入耳来
喜春情缱绻
暖意满心怀

一路芬芳踏春光

早春昼短夜还长
仍留有寒冬迹象
冷风瑟瑟拂身上
我依旧凝望远方

翠树渐萌新叶嫩
残梅犹绽几缕香
金色阳光洒大地
纤手轻牵一线光

纵使孤独占心房
追梦之心未曾凉
不惧前路风雨挡
愿携芬芳踏春光

华北四月春光美

白云悠悠飘天际
群山绵绵披翠衣
麦田碧青涌春浪
野花淡香沁心脾

桃花粉靥摇朝露
雪蕊琼枝映晴岚
蝶戏蜂逐穿芳径
莺啼鹊啭绕翠峦

循香渐入山林里
怡然信步踏春岩
清风徐来拂青衫
古老村寨春盎然
勤劳山人耕耘欢

华北四月春光美
鬼斧神工绘绮卷
醉把晴光收笔底
入笺诗魂向云天

山村春晚

一抹残阳染赤霞
炊烟袅袅绕农家
笛声唤起归巢雀
小径丁香绽月华

离乡数载今重至
簇簇春花笑相迎
爆竹声中辞旧岁
山村灯火映星明

祖国之春美景如画

塞北高原，玉琢银装
江南水岸，花红柳漾
背起行囊，踏上旅程
饱览祖国，如画春光

登上游轮，驶向海洋
旭日喷薄，云汉披光
夕阳西下，彩云漫卷
碧水荡漾，浪花欢唱
繁星闪烁，海风轻扬

挚爱相伴，幸福满堂

涉足绿水，徜徉青山
层峦叠嶂，云雾绵延
偶现海市，蜃影迷幻
松柏凝翠，绿意无边
溪声叮咚，清泉潺潺
飞瀑直落，深崖谷涧
疑似银河，垂落人间

漫步花海，灿若霞燃
千般花色，竞展娇颜
蜜蜂忙碌，彩蝶翩跹
清风拂过，幽香一片
恍入仙境，沉醉流连
执笔为诗，泼墨抒怀
目之所及，皆成眷恋

初春

冷月西沉冬尽
暖风轻叩春还
绿茵破土换新颜
垂柳柔丝拂面

旭日高悬云海
鸳鸯戏逐湖湾
香风暗涌醉心田
蝶影翩跹一片

春之图

四月芳菲意正浓
蝶影翩跹绕花红
芳草葳蕤摇翠浪
柳丝垂入小湖东

遥见晴空云絮渺
低聆幽树鸟声融
双鸳戏水涟漪起
燕唱春光入画中

春景

晨雾薄纱罩翠峦
燕啼清脆水流潺
深山古道通幽处
远岫人家起暮烟

四月烟雨落江南
绿柳扶风舞蹁翩跹
水波潋滟呈鳞锦

琴音袅袅逐春澜

花红柳绿满庭芳
碧水亭桥映画廊
国色天香谁不羡
诗朋酒友醉流觞

江南之春

吴越之春新景象
柳绿花红
归燕云中唱
喜鹊枝啼音脆亮
葱茏翠树青河傍

湖水涓涓流细浪
成对鸳鸯
河里悠闲荡
蝶舞蜂飞相对望
月辉轻洒桃花上

春天飞花

花苞幽碧映晴岚
新花破萼绽粉颜
雨吻花容添秀色
风吹百花舞翩跹
霞染清河花影乱
绿叶葳蕤衬花仙
春天无处不飞花

江南春画

翠鸟啼柳白堤前
桃叶翻风舞动欢
古镇桥横花蘸水
春风织雨落人间

单朵桃花孤影颤
柔枝轻摆惹情牵
双生并蒂相依偎
粉面含羞绽笑妍

遥念武陵花满径
人面桃花春满园
回看湖畔柳絮飞
醉美江南入画篇

武陵：随着《桃花源记》的广泛流传，“武陵桃花源”成为一个固定的文化意象。

踏春醉美景

心底有个声音，萦绕耳旁
阳春四月一定要踏青
就像一只自由的飞鸟
振翅翱翔于湛蓝穹苍
尽览山水间的旖旎风光

我爱春天碧嫩的纤草
葱茏茂密，柔软似绵
如丝绒华毯精心铺就
引得人们翩然起舞、惬意交谈
孩童们像脱缰的小马
踢球、放风筝、肆意奔跑
欢声笑语洒满草丛之间

亦爱于春天的湖边徜徉
听黄莺婉转啼唱
看翠柳随风轻晃
枝叶倒影在锦纹涟漪里荡漾
爱那低垂柳条温柔拂过脸庞

眷恋春天的江南
小桥下河水静静流淌
亭台楼榭浸染春芳
青瓦连成行
烟雨如丝从屋檐滑落
滴在悠长的卵石小径
晕染出淡雅的水墨春景

钟情春天的上海
植物园里古韵悠长
树木葳蕤，各展模样
桃花园内姹紫嫣红，满庭芬芳
游人如织，笑语飞扬

迷恋春天的山
松柏苍翠，奇峰巍峨
云雾中，似见海市蜃楼若隐若现
晶莹瀑布自天际奔泻
似银河落九天，气势撼山川

痴迷春天的海
晨曦中，红日跃出海面
黄昏时，彩霞铺满穹天
静坐沙滩，看浪花飞溅
排浪滚滚，携磅礴之势涌向前

思绪翻涌，神往不已
这春天盛景
在我心中绘就绚丽长卷
于笔下凝成赞诗千行

第九辑　秋意凝诗韵

陈剑萍　作

雅拉河暮秋行吟

暮秋时节
我漫步于雅拉河畔
抬眼遥望天际
半边乌云翻涌，半边澄澈湛蓝

林立的高楼
如同沉默的巨人
街边咖啡小屋
晕染出橙黄的柔光
行人在拱桥上踱步赏景
艺人的歌声随风轻扬
婉转悠长，飘入耳旁

游船或静泊岸边
或划破水面悠悠前行
一只孤独的海鸥
在头顶盘旋数圈后
振翅飞向远方
渐渐消失在视野尽头

忽然，密集的雨线倾泻而下
激起万千银珠飞溅
转瞬之间，雨又戛然而止
白云依旧悠悠地悬浮天边

雅拉河的暮秋
天气总是这般多变
忽而阴雨绵绵，忽而云开雾散
惹人心里，情思缱绻
引人脑海，遐思不断……

秋暮幽遐

立于花园开阔中央
任目光漫巡天地苍茫
秋风阵阵把桉叶摇晃
沙沙声谱成秋的乐章

秋蝉潜隐草丛深处
唧唧声似琴弦轻拨浅唱
秋鸟栖于虬枝之上
啼鸣婉转，低吟回荡
秋鸥舒展素白的翅膀
划破长空自在翱翔
秋花盛放，迎风摇荡
幽幽芬芳，沁入心房

抬眸西望
落霞如橘红绫罗飘荡
在天际舞出绚丽模样
回首东顾

素月静静悬于穹苍
落霞与皎月交相辉映
恍若天涯羁客相逢一场

俯看枯叶铺满幽径
愁绪如潮漫过心墙
夙愿未偿，遗憾绵长
愿化青鸟，冲破云障
一路向北，飞向心乡

秋山景

山路逶迤，古榭亭轩
秋雁啼，妙韵悠然
蛱蝶展翅，飞入花间
绣球摇影，情缱绻，意缠绵

拱桥横水，两岸相连
风萧瑟，碧水微澜
枫燃赤焰，叶坠翩旋
霞烧远岫，棹歌起，笑声欢

恬静的秋

你似秋风
潇洒飘逸
秋鸿一样的名字
让人遐想不已

黄昏，你站在红枫树下
对着河水说话
数落芦苇不安静
舞动得不停，摇碎了波影
又惊散了一行南去的鸿雁

夜晚，坐在窗前的你
看我伏案勾勒涟漪
大圈、小圈、鳞纹叠起
看我画笺的云雾
从逶迤山中升起
画中弯弯的明月
闪烁清辉似你……

素秋逸曲

一条大路，宽阔又悠长
笔直伸向天地相接的远方
四下静谧安然
唯见奶牛闲步于碧草上

秋云舞在天上变幻模样
像仙女舒展广袖舞霓裳

又似苍松耸立青山之巅
影影绰绰，如梦似幻
惹我情思，悠悠绵长

秋风掠过身旁
路边枫叶沙沙作响
叶片打着旋儿，纷纷扬扬
一片飘落我手掌
托于怀前，引心湖荡漾
怎奈它俏皮滑脱随风翔
渐飞渐远，隐入苍茫
我的心亦随它飞向远方

第十辑　琼花梦影入诗笺

陈剑萍　作

雪花情缘

假如我是一朵雪花
我要飞向高耸的天山
那里有你——
圣洁的雪莲
还有你那卷曲的花瓣
正缓缓舒展出绝世容颜

你是我心中的圣仙
我愿轻轻飞入你的怀间
嗅你散发的香味
对着你悄悄呢喃
我爱你高贵的品质
我要和你相拥互恋
一起在风中舞动翩跹

若我是一片飘雪
我要去静谧的山冈
那里有幽深的绿海
还有傲然挺立的翠竹

飘飘洒洒旋落你枝上
一起迎着凛冽寒风
摇曳于皎洁的月光
我要慢慢融化、融化
化作清露润你根旁
永把你的傲骨精神欣赏

倘若我是一缕雪魂
我要去遥远的北方
那里有我敬慕的诗人
还有那深情的诗行

我轻盈飘落你的窗前
看你在灯下执笔赋诗
笔尖跳跃的文字闪烁流光
我愿坠入墨香
伴你把灵感酿成诗章

望雪抒情

静静地望着你纷纷扬扬
在空中飞舞飘旋
一簇簇、一片片
像玉蝶一般飞落大地上

你原本没有固态形状
是大自然的神奇力量
让你凝聚成剔透冰晶
幻化成万千不同的模样
在萧瑟的冬天

把世界装扮成琉璃殿堂

冬日的落叶早已成殇
枯枝在寒风中孤独晃荡
你徐徐飘落它们的身上
层层叠叠，柔柔软软
刹那间似万树梨花绽放

而那空旷幽静的巍峨顶峰
青松傲立在悬崖峭壁之上
郁郁葱葱向着穹苍生长
你轻盈飞落它们的枝桠
与绿叶相拥迎风摇晃
绘就冬日山顶最美的风光

百花凋零时独梅凌寒盛放
花蕊吐露着缕缕幽香
你优雅地栖落她们身旁
梅的嫣红与你的玉白交相
在宁静的月光里共舞飞扬

人们把你看成爱的天使
能否将我心底的思念与向往
糅进你洁白柔软的翅膀
一同飞向那魂牵梦绕的故乡

美丽的冰河雪

玉蛾舒展洁白翅膀
凌空纷扬洒落
梨花、素梅、海棠……
一夜织就冰河的银装

我静倚苍树伫立河岸
任寒风吹拂衣裳
将刺骨的冰凉抛在一旁
沉醉于眼前这冰雪盛妆

连绵山冈披上耀眼银裳
晨曦轻抚处
点点翠光若隐若现
是松柏在雪中倔强生长

看冰河上的雪花随风轻飏
比羽毛更柔，似轻纱飘荡
那层层叠叠的雪如云朵堆积
又像凝固的海浪、蓬松的绒床

岸边传来阵阵欢笑声
人们追逐嬉戏，雪球飞扬
我亦重拾童心，跃入欢场
捧起晶莹雪簇抛向穹苍

让玉雪亲吻脸颊，洒满身上
共赴这场冬日的欢乐交响

雪

洁白而又柔软
你想象着
为它起一个素雅的名字——
玉鸾，恰似雪落时振翅的仙幻

你立在柳色褪尽的枝桠下
冷风吹散发丝飘洒
那一双清澈的眸子
藏着未说出口的话

你凝望远山瘦水的苍茫
轻叹冬日寂寥万物眠长
说若有一场雪簌簌纷扬
定能唤醒天地沉睡的诗行

雪似解情般从天而降
纷纷扬扬，落在你青衣间摇晃
转眼间素白漫过原野山冈
大地裹上银装，与天际接壤

你倚着朦胧的落地玻璃窗
看雪影在夜色里翩跹游荡
又踩碎满地琼瑶走进雪乡
将晶莹的雪绒捧作琉璃光

你轻问，雪啊雪
若能听得懂人间惆怅
请载着我的思念与热望
飞向那魂牵梦萦的他乡

窗外北风仍在呼啸张狂
雪影如蝶舞，跌宕悠扬
你独坐灯前，翻动岁月的诗行
指尖掠过泛黄的篇章
思绪如雪花般轻盈飘荡

当晨光刺破夜的冰凉
雪融成霜凝结窗上
你依旧守着未寄的念想
遥望远方，等一场春信叩响

梦中的雪花

梦里，雪如碎玉簌簌摇落
似寒梅绽于九霄云河
若白羽蝶群缠绵旋舞
似玉仙携着风的絮语坠入人间

她掠过枯柳与冰河
直至望见那株棕榈——
遒劲枝干刺破霜色
叶片如剑凝着清光
在寒风里守着不屈的倔强

“这是我永恒的城堡！”
她欣喜地呢喃
将柔软身躯层层叠摞
化作蓬松银毯覆满枝桠
万千冰晶在月光下闪烁

她懂得
当晨阳吻破天际时
自己终将消融成水、凝成薄冰
直至消散于苍茫大地

于是倾尽刹那芳华
把世界缀成琉璃幻境
让晶莹的时光在人间定格
成为永不褪色的冬日诗行

雪花赞

你舒展琼羽自九霄翩跹
如碎玉簌簌坠入人间
素影若柳絮随风飘展
冰晶折射着清冽华光

当覆于山河冰川之上
苍峦便披起银鳞千丈
栖身树木花丛与荒原
绿叶红英隐入柔雪绒装

停驻古庙飞檐红瓦间
玉龙蜿蜒着盘旋而上
漫卷霜色铺陈天地苍茫
万里山河尽裹云絮素裳

你与霓虹共织流光
旋舞着化作蝶影轻扬
路灯暖光晕染的雪幕里
梨花、纸鸢逐风翱翔

是你以万千幻变的模样
将无私温柔尽数倾放
把萧瑟寒冬雕成
一幅幅素雅的琉璃长卷

我是一朵小雪花（童话诗）

云雾深处收到天空的信笺

我轻轻抖落晶莹的水珠，
变成一朵快乐的小雪花，
开始寻找属于自己的家园。

风儿伴我，
来到碧瓦朱檐，
遇见飞舞的玉龙，
抬头朝我展笑颜，
张开怀抱，
欲将我轻轻揽。

我顺着风滑向皑皑山冈，
远远望见同伴们闪着银光，
像撒落的星星跳起欢快舞，
又像递来晶莹请柬邀我同欢。

风又带我掠过明镜般的水面，
雪花伙伴展开蝶的玉翅，
轻盈地盘旋不肯落下，
原来害怕化作水滴消失不见。

我飘到紫梅身边转圈圈，
她温柔的气息将我迷醉，
我飞入她怀中共舞翩翩，
沉醉在这冬日的浪漫。

松柏抖了抖翠绿的披风，
接住我和伙伴们的降落，
我们快乐地织就美丽的绒毯，
把它装扮成冬天最美的树。

最后我飘到诗人的窗前，
看见冰凌花在玻璃上作画，
原来它们想用奇妙的花纹，
给诗人灵感写下冬日童话。

当我轻轻落入松软的泥土，
听见孩子们欢快的笑声飞扬，
虽然要和世界说再见，
但能成为春天的养料我也很欢畅。

第十一辑　风语雨情诗萃

陈剑萍　作

与风说话

我从来没有见过你
只是当柳条轻盈招展
月季摇曳成一片花海
枫叶离枝满天飘旋
红梅迎雪舞动翩跹
才知道那是你从不同季节飞来

我从来没有见过你
只是当海水卷起千尺雪浪
湖面叠成鱼鳞纹涟漪荡漾
才知道那是你在狂欢曼舞

我从来没有见过你
只是当粗枝落地
人走在路上似被吹起
才知道那是你在发怒

我从来没有见过你
可我喜欢温暖和凉爽的风
喜欢听风中传来
人间喜怒哀乐的声响

风雨过后是彩虹

风！
为何发了狂？
似脱缰野马嘶吼，
欲将撕破穹苍
呼啸声震破云阙，
惊醒人间酣梦一场。

昨日如盖的桉树亭亭玉立，
今晨残枝委地，寒鸦啼响。
凄厉的哀鸣撕碎安宁，
但树巅那几缕柔枝，
在狂风中无畏摇晃，
战栗过后，依然挺立向上

你这鬼魅魍魉，
肆意踏碎城乡的安详。
可人间自有钢铁脊梁，
你愈是张狂，
愈淬炼出不屈的锋芒。

雨！
为何时而倾泻如瀑，时而如珠落
玉盘？
叩击长路、繁花与轩窗，

是否要把尘埃涤荡？
为何忽徐忽疾，滴答作响，
是否要咏叹苍生的哀乐无常？

薄暮雨歇，绮霞闪烁光芒。
虹霓横跨碧空，织就七彩霓裳。
小黄莺翩然落枝，欢歌清扬。
这一瞬美景，醉了眼眸，醉了心房。

原来风雨，
本就与天地同生共长。
正因它们的涤荡，
山河才溢彩流光；
正因它们的锤炼，
人心才盛满诗行。
悲欢交织的人生，
终在岁月长卷，
绘就斑斓的华光。'

雨后秋景

秋雨后的清晨
我漫步蜿蜒湖边
苍树枯皮铺满幽径
露出鹅黄树干
黑鸽觅食草地上
野鸭戏水碧波漾
群鸟枝上啼声扬
秋花送来缕缕香

抬头仰望
天空云朵飘荡
一群雀鸟扑棱起
掠过身畔，飞向远方

此时此刻，什么都不想
只愿静静沉醉
沉醉在这大自然的美丽秋光

烟雨情丝

天上下着绵绵细雨
屋檐流下点点雨滴
蒙蒙烟雨淅淅沥沥
牵着你我悠悠情意

窗外叮咚滴答轻响
恰似风铃温柔摇唱
唱一曲情深意长
吟一阕知音难忘

湖水清澈荡起涟漪
玉兰摇曳晶莹雨滴
鸳鸯避雨隐没踪迹
唯有孤鸟枝头悲啼

仰望天空无边无际
遥看浮云随风飘逸
轻问小雨能否传递
天涯故人今可安逸?

愿化飞鸟入云际
穿云破雾展双翼
飞过千山越过万水
飞向心中思念之地

雨霁

雨后云雾绕青霄
绚烂彩霞舞碧寥
夕阳西下隐青岭
胭脂染尽晚霞娇

山路幽径独自行
晚风轻拂心生情
雨洗尘埃空气净
花映街灯共月明

秋雨纷飞

雅拉河畔秋雨淅沥缠绵
似愁云垂泪自天间
飘落幽碧水面
泛起涟漪一圈圈
引得雨中愁人泪潸潸

桉树摇曳在岸边
离枝落叶铺满长堤
秋雨凝在叶片
它打着旋儿忽东忽西——
恰似我心中飘荡不定的你

风雨

风萧萧，雨潇潇，
桉叶乱影不停摇。
海浪翻涌卷惊涛。

路漫漫，心飘飘
寒鸦疾飞向旧巢。
天涯望断叹路遥。

秋雨悲悯

雨打残花珠泪垂，
风卷落叶漫天飞。
四季更迭如逝水，
秋光萧瑟惹人悲。

镜中忽见朱颜改，
回首空叹春难归。
光阴匆匆留不住，
独对寒雨叹残岁。

风雨中信念

狂风卷起千层浪，
瓢泼大雨从天降。
泥泞阻断前行路，
热泪纵横湿衣裳。

难！难！难！怎把困局闯？
困！困！困！偏要破迷障！
拭泪挺胸向远方！

雨中的花园

雨中的龙血树把头低下
和紫色薰衣草说着悄悄话
不远处的玉兰花散发幽香
在空气中飘荡
缓缓飘到我的身旁

调皮的微风徐徐吹过
杏树叶子哗哗笑出声
路边桉叶也高兴地鼓起掌
树上的小鸟更是叫声喳喳

我站在庭院的窗下
和活泼的小黄狗说话
它那清澈明亮的双眼
一闪一闪是那么纯净
似乎看到的都是
世界上美好的一切

花园中的雨呀
好像也懂得情意
缠缠绵绵不小也不大
让人痴迷也让人遐想
雨中的花园风光如画

雨之情

柔软的风，绵绵的雨
从天空飘下，飘向该去处
苍白的脸，凝着迷茫
惆怅的心，缠绕孤独

淅淅沥沥，洇湿了小路
受伤的心，伴百合忧郁
情感，在风雨中沉浮
何方才是宁静的归处？

雨

雨隐云间暗酝酿，细雨如丝坠昊苍。
帘前雨声清越响，轩内听雨意飞扬。
群芳承露雨滋长，细柳倚风曳雨光。
万物繁盛靠甘雨，人间岁岁泽恩祥。

春雨

多情云化银丝线
从天空淅沥垂落
亲吻泥土和石板
抚摸碧草与玉兰

我静静坐在窗前
听雨声滴滴答答
轻轻敲打着栏杆
愁绪于心底蔓延

为何有些人的情感
如春雨般缠缠绵绵
想要放下却又不甘
想要忘记却又思念

雨霁遐思

雨后黄昏
七彩霓虹悬挂碧空
弧形拱桥云中浮动
似孔雀开屏金翠线纹
似天女炫舞翩若惊鸿
似天公神笔泼墨苍穹
美！却渐渐消失在天幕中

人生犹如在云中穿行
走过乌云密布的缝隙
走过云卷云舒的变幻
走过雨霁后的霞光里

走啊走，走到日薄西山

一路坎坷，一路奋斗
一路挫折，一路含泪笑迎明天
直至化为一缕云烟
飞入天的那边

雨中漫步与风雨同行

美丽的圣阙莱克湖
澄澈湖水碧波荡漾
几株青萍浮在水中央
黑鹅嬉戏绕它身旁

爱犬摇头晃着尾巴
我遥望天边思念故乡
突然乌云翻滚而来
暴雨倾泻猝不及防

淋湿卷发浇透衣裳
干脆来个雨中漫步
与风雨同行同欢唱
任凭雨点在脸上流淌

路上没有行人车辆
雨打树叶声沙沙响
我的歌声空中飘荡
心醉神迷尽情欢畅

祈雨与忧雨

祈雨

森林野火熊熊燃起
肆虐横行难以遏制
多么渴望天降甘霖
让火湮灭在雨水里

乌云翻滚天地昏黑
狂风夹着暴雨倾泻
引发洪水泛滥成灾
多么祈盼雨霁天晴

世间有生命的植物
每逢干旱都会枯萎
只要天降下及时雨
定能重焕生机与美

忧雨

雨落人间本无意
却惹墨客愁肠百结
笔尖流淌文字痕迹
篇篇皆是缠绵清凄

夜雨

寒雨叩窗急，昏灯曳影稀
独坐空堂寂，愁绪绕心底

极目云深处，墨色染天际
钟摆声声慢，心绪乱如丝

纵使千峰阻，何惧路崎岖
矢志前行处，终见曙光熹

不学苦修禅，岂守初心坚
且任烦忧去，心守一净莲

雨天

秋风簌簌秋雨淅沥
阴雨连绵愁云不散
苍穹低垂灰蒙一片
龙血树间雨珠串串

一对小鸟躲雨檐前
依偎私语神色不安
东张西望徘徊许久
终振羽翼飞向远天

忽闻窗外鸦啼呜咽
声声悲切刺痛心弦
手托双腮思绪万千
莫名愁绪涌上心间

安娜为爱奋不顾身
卧轨刹那香消玉殒
海子留下春暖花开
却让铁轨碾碎诗魂

爱斯梅拉达与卡西莫多
巴黎圣母院中的爱火成殇
柯赛特在悲惨世界里
尝尽人间凄风冷霜

海明威征服了大海的浪
却没抵过命运的沧桑
三毛踏遍万里流浪路
终寻不到心灵的归港

宝黛痴恋红楼梦一场
阆苑仙葩与美玉空劳牵挂
王尔德看透浮华背面的人生
留下“墙纸越来越破，我越来越老，
两者之间总有一个先要消失”的话
在异乡客栈终止了孤独的生命

纵观古今中外多少事

皆付烟雨一叹间

花谢来年仍有再绽时

人若离去再无归期还

第十二辑　故园心韵集

陈剑萍　作

老屋深处的温柔时光

上海虹口那座老屋
宛如一位年长老者
古旧门扉轻启岁月篇章
斑驳墙垣留下往昔风霜

每层几户人家笑闹
交织成生活乐章
厨房间的烟火
晕染着平凡日子的暖光

二楼平台宽敞明亮
晨曦与暮霭见证故事生长
忠字舞节拍，邻里家常
欢笑声随风飘荡

公区清扫是每户的日常
我年幼的身影穿梭奔忙
面对小手擦净的玻璃窗
邻家夸赞，如星星点亮心房

打开大门转弯，便是花园一方
繁花与绿草竞逐生长
树影摇曳着童年的幻想
捉迷藏、跳皮筋，花样琳琅
简单快乐，是心底最柔软的珍藏

楼前清澈小河，曾藏年少的莽撞
失足落水的惊慌，被奶奶责怪的泪光
那是成长路上的磕绊
也是深刻的记忆印章

冬天来了，雪花纷纷扬扬
大地银装素裹，让童心怒放
雪人堆起梦想，雪仗放飞希望
纯真的笑，在寒冷中绽放光芒

肥皂泡泡飘飞的时光
那是童年的绮梦轻扬
七色彩光藏着未绽的梦想
虽破碎，却留下甜蜜的伤

如今我远走他乡
老屋也不知变成什么模样
但那温柔的旧时光
却在记忆深处静静流淌

在每一次思念的辰光
那些伙伴的脸庞
那些温暖的过往
如一首动听的老歌

在心底轻轻吟唱

乡恋

狭窄的独木桥上
栖息一群悠闲的白鸽
看见我接近身旁
打扰了它们的安详
瞬间扑棱翅膀
在湖面上飞翔

我静静坐在桥上
看碧波风中荡漾
听潺潺流水声响
心中涌动莫名忧伤

彼岸秋花正在绽放
却嗅不到馥郁芳香
彼岸梧桐落叶飞扬
却望不见漫天飘旋模样
彼岸峰峦霞红悬荡
却变不成一朵彩云
飞向遥远的故乡

我只能在梦里
邀友共赏故乡湛蓝的海洋
化作自由的海鸥在天空翱翔
我只能在梦里
与友同登故乡苍翠的山冈
成为悠闲的行人于松林徜徉
我只能在梦里
和友共观故乡娇丽的海棠
化身浪漫的诗人任诗情流淌

故乡幽情化作思乡曲
对着湖水深情浅唱
唱出心的呼唤
唱出爱的渴望

思乡

华夏正是初春
澳洲却是末夏
两个不同国度的华人
同时跨进辰龙年

季节的反差
像一道无形的墙
隔开了记忆里的年味
与此刻寂静的异国时光

我踏着碧绿草地

抬头把天空远望
浮云缭绕小树林
缥缥缈缈如入梦幻
魂好似也飘入茫茫云海
飞向了思念的地方

回望远处一棵孤树
在空旷草地独自守望
几片枯叶随风摇晃
枝桠伸展着寂寞的形状
我是不是也像它一样
虽面向碧波粼粼海洋
陶醉四季花开的风光
却困在远离亲人和家乡的远方
总有丝丝忧愁在心房

多想、多想
化作归巢的燕儿
飞回万里之遥的故乡
看黄浦江水流淌
观璀璨焰火燃放
重登歇浦龙舟
和亲朋好友欢聚一堂
让思念之情尽情绽放

远方

远方有动人的吟咏声
是你像百灵鸟在婉唱
远方有一双温暖的手
是你像母亲帮我梳妆

我要穿过云雾和层峦叠嶂
在苍茫无际的蓝天上翱翔
我要飞越碧波万顷的大海
回到魂牵梦绕的故乡——
那里有与你共度的时光

远方有一座东方明珠
那是华夏民族的荣光
远方有古老的城隍庙
那是我心中信仰的地方

我要在白玉兰树下采撷花瓣
我要在世博园中徜徉
用重逢的喜悦编织梦想
让每句诗行都蘸满阳光

我愿与你携手同行
漫步绮丽的黄浦江
看灯火闪烁波浪的模样

我愿与你一起聆听
夜幕中船鸣笛声的悠扬
让岁月在彼此眼眸里静静流淌

寂静的平安夜

平安夜的墨尔本
空气中飘来夏花的芬芳
我站在露天台榭
眺望黄昏下的远方

落入云层的夕阳闪烁光芒
风中伫立的圣诞老人
向我招手好像在说
“今夜让我陪伴你
共度这静谧的时光”

我走在寂静的路上
美丽的鲜花散发着清香
圣诞节的灯火辉煌
彩色风车悠悠旋转
投影墙上的雪花
正以光的形态轻轻飘扬

长发随夏风轻轻摇曳
我边走边把夜景欣赏
这无人打扰的寂静里
灵魂正乘着晚风自由翱翔

回家倚着玻璃窗凝望
深邃的夜空不见月亮
唯有满天星斗闪着银光
伫立的圣诞老人依然展着笑脸
仿佛又在轻声诉说
“我献给你的圣诞礼物
正是这一夜的安宁与吉祥”

我提笔勾勒江南水乡
圣诞颂歌在耳畔低回浅唱
当子夜钟声悠悠敲响
我向着东方深情遥望
多想借现代网络的翅膀
把“圣诞快乐”的祝福
轻轻放在亲友的梦乡

忆江南

江南古渡，拱桥下碧水悠悠流淌
榭台亭阁，古韵镌刻在雕花梁枋
黛瓦房一排排一行行
烟雨自屋檐悄然垂落
打在悠长的青石板上

山水清澈，辉映出旖旎风光
垂柳低眉，拂过行客面庞
桃花粉嫣，香染一城芬芳
塔楼风铃声声，飘向远方

江南倩女，纤手绣出并蒂鸳鸯
彩线织就锦绣衣裳
似穹天飘浮的绮霞
绚丽了静美时光

那是母亲的故乡，我儿时的乐土
无数次在梦里漫游而行
循着记忆的方向
找寻褪色的童年印记
轻声问一句
若重返那片温柔水乡
你是否还留着
我记忆中的模样？

回忆中遐想

重回农场感慨万千
门前广播室还存在
小河碧水依然潺潺
园中棕榈树却枯蔫

站在蜿蜒曲折河边
闻着泥土的清香味
我仿佛看见，扎马尾巴的自己
又出现在眼前
每日重复着洗拖把的画面
清澈水面上
倒映着青春灿烂的笑颜

站在幽静绵长路上
望着枝叶风中飘扬
我仿佛看见，穿制服的自己
又出现在眼前
广播结束后的静谧夜晚
害怕与勇气交织心间
一边高声唱着歌
一边如兔子般跃过林间
陪伴我的只有月亮

白驹过隙往事如烟
奋斗岁月有成功有辛酸
都消失于弹指一挥间
蓦然回首已走进黄昏年

如今似乎生活在世外桃源
与世无争把一切看淡
自娱自乐自学自诵唱

留下冰心流淌于诗行

我的乡恋

我的乡恋在咏诗中款款流淌
仿佛看见故乡蜿蜒的黄浦江
翠绿枝叶在暮色中轻轻摇晃
霞光把江面染成斑斓模样
高楼灯火闪烁耀眼光芒
江面上船来船往汽笛声悠扬

我的乡恋在咏诗中慢慢荡漾
仿佛看见故乡三月桃花开放
粉红花朵像少女可爱脸庞
花香阵阵飘散在行人路上
层层花瓣像裙子轻轻飞扬
小鸟欢唱彩蝶飞舞在花旁

我的乡恋在咏诗中悠悠回荡
仿佛回到了童年的美好时光
每到过节，爷爷包饺子忙
我们伸出小手在旁边帮忙
面粉沾满小脸，乱七八糟样
爷爷看着我们，笑得眼泪淌

我的乡恋在咏诗中深深生长
仿佛看见故乡两个亲爱妹妹
她们一直紧紧陪在我身旁
走过春夏秋冬，经过雨打风霜
一起打拼事业，二十年时光
苦也一起尝，笑也一起分享
如今她们在北半球，我在南半球
天各一方，盼着重逢的时光

我的乡恋在东方
我的乡恋有回忆
我的乡恋在心房
我的乡恋有情意
我的乡恋含泪光
我的乡恋有快乐
我的乡恋永流长

离乡之舟

那叶带着不舍离乡的小舟
渡过重洋，漂向远方
在陌生孤岛停泊靠港
告别往昔奋斗风雨时光
心底却萌动着别样希望

岛上桃源般的生活悠然安闲
可孤独惆怅，却悄然弥漫

思念如莼羹鲈脍，不停翻卷
饱含深情，凝视着故乡方向
……

故乡情，如潺潺溪流在心底流淌
故乡歌，似袅袅余音在耳边回荡
故乡恋，像深深烙印在灵魂无法遗忘
故乡爱，化作素笺上的行行诗章
在岁月长河中，凝成眷恋的光芒

第十三辑　兰心雅颂赞芳华

陈剑萍　作

女知青之歌

正当青春年华的我们
怀揣懵懂、好奇与怅惘
背转身，挥别繁华都市
别了爹娘牵挂的目光
奔赴那未知的远方

入眼处，尽是荒芜景象
现实撞碎绮丽梦想
这“广阔天地”，这革命熔炉
难道是将要托付终身的他乡
心底惆怅翻涌，希望却未退场

纤细双手，磨出红肿血疮
在无人角落，任泪水泱泱
可牙关一咬，重回“战场”
开山、筑坝、围垦、插秧……

粗茶淡饭也觉清香
纯真的心依然像往常一样
皲裂糙手，竟让沧海换桑田
人工河清澈之水蜿蜒流淌

窗外北风呼啸如狂
屋内两两相望，暖意洋洋
倾心一笑，羞红晒黑脸庞
彼此慰藉，守着温暖火光
爱情的种子，悄然在心底生长

知青悠悠岁月，已成过往
艰苦环境，铸就钢铁般的脊梁
中华妇女任劳任怨的精神
在我们身上闪耀着光芒
勤勉奋进，扎根各个岗位上
成为祖国建设坚固的栋梁

如今啊，霜华悄然染上鬓旁
昔日容颜，难寻沉鱼落雁样
但青春之心，依然热烈滚烫
只要生命之火还未熄灭
便燃尽余晖，散发光芒

旗袍佳丽美在春

江南三月百芳开，潋滟湖光映粉腮。
旗袍佳丽姗姗至，玉指拈花入画来。

凝脂雪面含娇态，绛点朱唇笑靥飞。
一顾嫣然倾四座，恍如洛水女神回。

绣影花中情

花前月下映娇颜，朝花暮夕意缱绻。
雨叩花枝香雾漫，爱似春花醉梦甜。
纤手绣屏花斑斓，兰绽梅开百花妍。
镜中佳丽貌胜花，绣影入诗韵入笺。

春景入绣笺

春江圆月水漪涟，咏春琴音落玉盘。
风抚春柳娇影欢，粉蕊桃春百里鲜。
酥雨霏霏春绵绵，兰闺巧绣锦春案。
绣出飞花尽在春，绣成绮梦缀罗纨。

绮锦绣云

云海翻墨遮半天，黛云压城城欲暗。
倏忽云雨带电闪，雨霁锦云苍穹悬。
长天浩渺云月现，佳丽凭窗把云观。
飞针走线绣彩云，绣罢云图梦魂牵。

望景抒怀 · 母亲三八节快乐

葳蕤草丛深处
秋蝉声声如箫吟唱
翠绿枝叶之间
丝兰静静绽放
天边晚霞绚烂
似锦绸舞动飞扬

听蝉鸣，嗅花香
漫步行至小湖旁
夕阳为碧水披上金装
湖面泛起锦鳞般的波光

一群白鸽舒展翅膀
在湖面轻盈地翱翔
“咕咕”清音传入耳旁
我忍不住轻声和唱

白鸽啊，美丽的白鸽
愿你化作信使神鸽
衔着那枝清香康乃馨
飞过高耸群山越过辽阔海洋
直抵那遥远的故乡
轻轻落在母亲的身旁

让康乃馨的清香
温柔抚过母亲的脸庞
借你婉转的鸣叫
诉说我对母亲的衷肠
母亲的养育深恩永不能忘

衷心祝愿母亲三八节快乐安康

注：我在南半球与中国的季节相反。中国是春季，澳洲是秋季。

母亲，我爱你！

当第一声啼哭划破长夜
将我拥入怀抱的，是你
当朦胧的视线渐渐清晰
映入眼帘的，是你温柔的容颜
当牙牙学语艰难开口
从唇齿间叫出的，是你的称谓
当踉跄的脚步跌向尘土
伸手将我扶起的，依然是你

岁月里的每一次挫折
轻拍我肩头的，是你
学业有成的喜悦时刻
眼含热泪祝福我的，是你
事业攀峰的荣耀瞬间
骄傲地向他人诉说的，还是你

你温暖的双手
托起我心中璀璨的星河
你慈爱的目光
为我点亮生命的灯火
你温柔的话语
化作我耳畔永恒的歌

今天，在异国的风里
我面向东方，向着家的方向
用尽全部的思念与深情
大喊一声——
母亲，我爱你！

美丽的母亲

曾有眸光似星子澄净
曾有笑靥若春花初绽
曾有清歌如莺啼婉转
曾有身姿似柳影轻旋
也曾有怀揣诗行般的幽梦

当岁月为你戴上母亲的桂冠
你便将爱酿成春雨
无声浸润孩子成长的四季
用纤弱却坚韧的脊梁
托起家中永不熄灭的暖光

如今霜雪爬上鬓角

皱纹勾勒出岁月的沧桑
但温柔的眼神静静流淌
慈祥笑容从眉梢缓缓舒展

时光沉淀的优雅
比年少的芳华更显芬芳

母亲啊
无论时光如何流转
在我心底
你永远是最美的模样

第十四辑　诗韵中的节日雅集

陈剑萍　作

天涯咫尺共迎新春

我在澳洲炽热的海岸
你于北国广袤的雪原
八千公里岁月流转
万水千山重重阻拦
将我们分隔在天地两端

我伫立在狭窄的独木桥上
把湖中人工造的叠瀑眺望
那串串银练随风飘荡
似碎玉在空中飞扬
勾起我绵绵的思乡柔肠
在心海泛起层层涟漪荡漾

我漫步幽静的湖边
百子莲绽放梦幻的紫蓝
在风中轻舞，摇曳生欢
故乡的旧影，浮现眼前
温柔的笑意，盈满素颜

我身处夏日的绚烂
你处于隆冬的清寒
我这里是夏花盛艳
小鸟啼鸣婉转
你那里是雪花满天
粉妆玉砌一片

即使我们身处不同的港湾
让电波携着诗韵穿云破岚
跨越时空的无垠浩瀚
抵达彼此的心间
让我们同唱一首爱的礼赞
心怀期许，共赴新年的灿烂

祖国，镌刻于心中

我愿幻作天际的绮云
携着悠悠念想，漂洋过海去远方
冲破朦胧雾幕，穿越层峦叠嶂
掠过浩渺无垠海洋
向着我的祖国——中国翱翔

我要奔赴那蜿蜒万里长城
看厚基坚砖筑成的垣墙
感受先辈智慧的光芒
我要踏入气势磅礴的天安门广场
看五星红旗，在澄澈碧空下飘扬
那一抹红，是人们心中滚烫的信仰

我要前往波光潋滟的东海之滨
静候晨曦破晓，看金乌自海面腾跃

喷薄而出，驱散夜的残章
新的曙光，点燃新的希望

我要从北疆乌苏里江的晨辉里起航
一路南下，直至曾母暗沙的柔波荡漾
从东端舟山群岛的涛声中走来
迈向西域天山脚下的壮丽风光

看高楼如林，拔地而起，交通纵横
似网
信息浪潮奔涌，城市满是蓬勃的力量
看沃野之上，庄稼翻涌金色麦浪
硕果挂满枝头，乡村绘就丰收的模样

即便我无法真的成为一朵白云飘荡
但无论身在何方，心在何处流浪
祖国啊，你永远是我灵魂的归港
在你诞辰的这一天
我要用最深情的旋律歌唱
为你奏响赞歌的岁月乐章

啊，亲爱的祖国，我深深地眷恋着你
眷恋你如慈母般温暖宽广的胸膛
眷恋黄河奔腾、长江浩荡的磅礴力量
眷恋山川湖海勾勒的如画风光
眷恋你日新月异、蓬勃发展的新貌
新妆

啊，亲爱的祖国，
因为有你灿烂文化的辉煌和源远流长
汉字的魅力才能跨越山海，播撒四方
因为有你的繁荣富强
中华儿女得以傲然屹立
于世界民族之林闪耀荣光
因为有你深植我心
我身为华夏儿女
心中满溢骄傲，眼底尽是自豪的光芒

师如星霞耀四方

你们似云海逸梦的绮霞
抖落缕缕耀芒
碎金倾洒求知的学海
幻化成知识的暖洋
漾起学子心海的层层漪光

你们如夜幕逐光的启明星
闪烁炽热的希望
赤诚与大爱无疆
编织一段段灵魂的诗章
那智慧的熠熠锋芒
在学子求知的瀚洋

架起渡向真理的星梁

你们于学界领航
是教授、画家、歌唱家
更是知识沃野的拓荒巨匠
学生像一粒粒希望的火种
在你们心血的滋养下
悄然燃旺，绽放华光

今夕是教师节的荣光
学生把对你们的敬仰
聚成一颗颗滚烫的心房
一声“谢谢”，意蕴悠长
祝你们幸福安康，岁月满盈芬芳

永恒的光辉形象

你像高悬苍穹之上的太阳
在寰宇之间耀出绚烂光芒
给世界带来一片光明
给人们带来无限希望

你像深邃夜空中的一轮月亮
在天地之间舞出皎洁的银光
照亮黑色笼罩下的道路
让人不会迷失前进方向

你像高山之巅的参天大树
不怕乌云密布、电闪雷响
不惧狂风暴雨、冰雪冷霜
傲然挺立在世界的东方

党啊！今天是你的生日
我要用无限深情把你歌唱
我要用手中的笔描绘出
你在我心中永恒的光辉形象

党啊，亲爱的党
你就是参天大树、月亮和太阳
在悠悠岁月的里程上
你带领中国人民走过坎坷路
一直走到国泰民安的今天
走到各个领域硕果累累的今天
坚信一直会走到再创辉煌的明天

第十五辑　清韵诗中祭

陈剑萍　作

梨雨清明祭念长

清明细雨绵绵，洒落人间
窗外凉风透寒，冷透酣眠
梨花离枝纷扬，飘落阶前
花瓣噙珠泪悬，凝住思念

墓园人潮熙攘，声浪翻澜
苍松翠柏扎根，守墓经年
野草黄花环冢，摇曳相伴
仿若故人低语，情意绵绵

祭祖

清明祭礼肃严，景韵穆然
晚辈焚香叩首，拜祭祖先
青烟袅袅升腾，漫入云间
梵音声声萦绕，思绪万千
往昔音容笑貌，浮现眼前
谆谆教诲叮咛，铭记心田

祭妻

神思恍惚怅然，心海微澜
献一束勿忘我，寄妻墓前
泪眼婆娑相对，轻声呢喃
若有来生再遇，共续尘缘

祭夫

泪湿罗衫，泣声悲酸
恍惚间，似见君幽径徐前
与我携手漫步，旧巷青石板
一声长叹，空余满心悲怜

清明雨，惹尽人间愁绪漫延
梨花泪，泣断天涯离情苦酸
聚散皆如梦，人间多憾然
且惜眼前人，莫负岁月欢
唯愿流年安稳，岁岁皆安

清明泪

又一年清明拜祭
细雨纷飞
泪洒相思地
愁绪如寒烟难逸
往昔欢梦心头系

无尽幽思追远忆
雨打梨花
落蕊风凄泣
青冢柳前心黯寂
声声呼唤悲情起

忆父亲

你走了
我尊敬的父亲
2003年农历6月16日
是我一生中最凄切的一天

那天清晨，我手捧面包
放在你的手里
你只咬了一口
留下尘间最后一句话
“不吃了！”
进入再也醒不来的昏迷状态

我吓懵了
只听医生说
“你们听，他的心像万马在奔腾！”
当时真的不解其意
后来才知这是一种心衰的迹象啊

我苦苦哀求医生抢救
凄凄惨惨守在你的病床前
口中不停地低语呢喃
父亲，你一定要挺住啊！
可是万唤千呼，千呼万唤
日暮向西斜的傍晚
我眼睁睁地看着你
眼中流下的两行泪滴
撒手尘寰！！！

我嚎啕大哭
整个心被撕成了碎片
我不是一个孝顺的女儿
为了打拼事业
没有在你的病床前
守护你、照顾你只有一夜一天
这就是我一辈子的痛和遗憾！

你走了
我慈祥的父亲
你把自己所有的爱
献给了我们四个孩子
出现在我眼前的
永远是你那张
和蔼可亲的笑脸

记得
我当年离开学校、离开你们
来到崇明农场工作
你总是不放心
背着沉重的包袱
里面装有我喜欢吃的食品等

还有当时很抢手的年历片

你从巴士下车
徒步穿越田埂几公里
来到我工作的广播室
当时我像小鸟一样欢快
把你带来的物品
分享给同事
并为我拥有一个好父亲而骄傲

你走了
我心中最伟大的父亲
我们的血液里流淌着
你的傲骨铮铮、自强不息的精神，

你的身传言教告诉我们
“宁可人负我，我不负人！”
成了我做人处事的原则
哪怕是遭遇打击和挫折
难过伤心之后
依然继续往前走！

我们在你的艺术墓碑上
让工匠镌刻上气势磅礴的长青树
象征你的形象永远不倒
周围雕刻了一排百合花
象征你善良、纯洁心灵
永远开放在孩子们心间！

忆母亲

母亲静静地闭上双眼
嫣粉装饰，安详容颜
百合簇拥，环绕四边
您枕着花香，化作云间仙鹤
缓缓飞向光的彼岸

亲爱的母亲
你带着孩儿悲恸的哭声
带着孩儿满面的泪痕
带着孩儿无尽的不舍
化作一缕绵绵青烟
随凄风飘向云端
留下孩儿在尘世，徘徊怀念

时光回溯，母亲的故事如画卷展开
小时候
我们依偎在您身旁
睁着与您相似的清澈眼睛
聆听您讲述往昔的时光

那时的您，生于殷实之家

虽外婆早逝
却在外公的羽翼下长大

解放前夕
外公突然被抓
你在寒夜的雪地里
哭着追寻外公的足迹
后来得知
他参加了地下革命工作

有一天，外公飞向天的那边
从此，您的天空失去了庇护
小小年纪，只身赴上海寻亲
凭着俊秀与聪慧
在命运的浪潮里浮沉
直到上海解放的曙光降临

您天生嗓音婉转
一曲越剧惊艳四方
是厂里的文艺骨干
聚光灯下，尽展风华
后来，因工作伤了嗓子
却将遗憾藏于心底
坚守岗位默默耕耘
曾几度戴上劳动模范桂冠

还记得，在您耄耋之年
我们陪您出海
船上那场生日晚宴
您眼角的笑纹里
盛满了星辰般的幸福
恍如昨日

母亲，您的一生平凡而善良
走时亦从容安详
您的教诲，是耳畔不歇的风
此刻，我掬一束圣洁百合
轻轻放至您长眠的地方
愿花香漫过星河
捎去我无尽的思念

岁至清明

春雨飘摇，湿梨花玉泪垂滴
野草葳蕤，暗铺绿地
苍树成行，傲然挺立
黄菊随风摇曳，愁绪如潮涌起
白烟缭绕，缓缓飞向穹碧
似婆娑世界梵音，传入耳际
逝者沉睡黑土，不知今日何时
倏忽听见，冢外哭声凄厉
方晓又是一年，清明祭祀

拭泪莫言悲，且待来世期

晴雨清明寄哀思

暮月沉波隐碧溪，晴山摇竹映林石。
柔枝寂寂凝愁绪，素蕊纷纷诉别离。
烟缕袅袅融云翳，细雨丝丝湿客衣。
岁岁清明同此祭，冢前祭者泪沾颐。
晴雨交迭知时节，阴阳永隔寄长思。

垂杨梨雨祭清明

——献给世间每一份跨越生死的思念

溪边垂杨摇曳翠影，
揉碎粼粼波光。
嫩草与黄菊，岁岁枯荣，
守望着时光。
梨英带雨，悄然洇湿衣裳，
幽绪暗自生长。

旧巷的笑语，混着留声机的旋律，
悠悠绕梁。
贝壳铺就的海岸，曾携手同赏，
流星划过的远方。
蘸着月光，写下的诗行，
满是昔日的欢畅。

可如今，鹤驭遥逝，
音容成过往。
云深处，暮霭悠长，
阴阳永隔，愁绪难量。
别路茫茫，何处话凄凉？

纸鸢飘飞，承载思念，
悠悠荡荡。
凝望旧照，往昔如潮，
岁月辙痕深藏。
银杏书签，夹着时光，
翻开满是回忆的芬芳。

方觉生命似梨英，
在时光长河中，转瞬零亡。
却也因为爱与思念，
于记忆里，永恒发光。

第十六辑　灵犀浅悟集

陈剑萍　作

青春之路

题记：

在人生漫长的道路上，谁都走过一段难以忘怀的青春之路。尽管每个人所处的环境不同，留下的记忆迥然相异。但是不管是顺境还是逆境，都有过美好的憧憬和努力奋斗的难忘岁月！

假若青春是一把神剑
那就劈开一座座山
筑成一道道梯田
造福人间
最好路旁开满圣莲

假若青春是一条河
那就奔流不息涌向海洋
无风平缓流淌
有风掀起涛浪

假若青春是本书
那就在书里镶嵌枫笺
印上美丽容颜
留下隽永的怀念

然而
青春不是剑也不是河
是通往对世界认知的路
从青涩到成熟
从迷惑到醒悟
有过欢愉也有过痛苦
有过温暖也有过孤独
有过挫败时的眼泪
更有过成功时的喜悦和欢呼……

就这样一路栉风沐雨
走过一段铭记一生的——
青春无悔之路！

坦然

题记：

虽说人应关爱生命，珍视时间。可当病魔如狂飙的黑马袭来，无处可遁，唯能坦然直面。

药水如冰寒的细流，
缓缓渗透血脉。
病房空无一人，只剩自己，
静静坐在黑色的背椅上。
透过如雾的灰暗帘幕，

窥见阴云翻涌，遮蔽了整片天。

静，静得意识空灵，
静，静得昏昏欲睡。
恍惚间，
另一个我于深海沉浮。
珊瑚舒展成柔软睡床，
彩鱼簇拥，成为亲密旅伴。

烈日直射身体，似要将我点燃。
快，游向那扇城门，
祈盼，满心祈盼，
城里的人打开希望之门。
漫长的等候，
城门却如命运的枷锁，依旧紧闭。

梦碎的刹那，
医生的身影出现在眼前。
窗外的雨，淅淅沥沥，
似淡淡的愁绪，缠绵不断。

病中的片段如走马灯闪现，
在那些特定的时刻，
一次次浮现眼前，
令人感慨万千。

无论人多么健康乐观，
病魔的突袭难以防范。
它来了，就坦然以对。
无需叹气，不必抱怨，
默默咽下疼痛，
只为不给亲人增添负担。
坚强迎接每一天，
直至消逝于人间。

距离

我与你的距离，
近在身畔，心却似被冰川横亘。
同栖一方职场天地，
却如异面的直线，再无交点，只剩冷淡。

你为那虚荣的桂冠自满，
我因无端的苛责深陷排挤泥潭。
可这种种纷扰，我皆付之一笑，
心似古寺幽潭，波痕不现。

我情愿虔诚仰视墙上傲立的青松画卷，
也绝不摧眉折腰，为攀高枝将自己轻贱。

我与你，踏上背道而驰的人生航线，
即便碰面笑容难展，还得在这空间周旋。
心与心距离，恰似星河浩瀚，永难相连。

我与你的距离，
虽远隔万水千山，
心却近得仿若一步之短。
共同的志趣与三观，
让我们彼此欣赏，情意相牵。

我们尊崇世间的刚正与良善，
厌弃尘世的虚浮与阴险。
哪怕一生平凡，如尘埃飘散，
也要像寒梅凌霜，骨气傲然。
还有那共逐美好的炽热心愿，
将你我紧紧相连，定格最近的情感彼岸。

信念

狂飙怒卷千层浪，
骤雨倾盆万里茫。
前路横遭荆棘阻，
怆然涕泗满腮庞。
艰！艰！艰！
困！困！困！
泪干依旧赴远方。

奔赴

命运决定自己
提着行李登机
飞越云海茫茫
奔赴异国他乡

这里地广人少
陪伴自己是草木花鸟
没有城市的喧嚣
也没有各种社交纷扰
是一种别样的田园生活

不再为生计拼得心力交瘁
不再为企业发展深夜辗转难寐
命运引领着我奔赴心中的远方
再度遨游知识的浩渺海洋

端坐课堂汲取新的思想
静坐幽居净室研究古今诗词
孔孟之道滋养仁善心房
日月星辰勾起无尽遐想

观察天地万象书写心中诗行

这般生活与世无争
与人不比自在惬意
可悠悠思乡情却无法遗忘
终有一天我会再次提起行囊
向着故乡的方向奔赴起航

独来独往

我非苍鹰
于九天肆意逐光
我非鲲鹏
于沧海自在击浪
我非啸虎
于山林称雄一方
却坐拥自己的精神城邦
怀揣不被尘世束缚的思想

在人潮翻涌的海洋
我早已习惯独来独往
为世间纯粹的善意倾赏
远离喧嚣的名利场
唾弃小人的蛇蝎心肠

赞美声传来
我内心不起波浪
诋毁声袭来
我依旧身姿高昂
将一切纷扰看淡
让初心于寂静中闪烁光芒

昨天明天和今天

——写于新年来临之际

把昨日功成名就，轻轻锁进旧匣
将往昔黯然伤怀，静静深埋尘埃
它似离雁长辞，一去不复回还
何苦执念那回不来的沧海

不猜明日梦想，能否在现实扎根深稳
莫忧未来悲伤，是否会悄然叩响心门
当下的每分每秒，才是真正的拥有与珍贵

看朝晖绽金，温柔漫过窗棂
听啁啾鸟鸣，唤醒沉睡清晨
让馥郁花香，萦绕在呼吸之间
在月色如水的夜晚，数点点星辰
还有那心中永不落幕的诗意乾坤

无需华丽辞藻，作别旧岁阑珊

不必激昂言语，笑迎新岁开篇
以从容之姿，走进四季的轮换
一步一步，走过每一个珍视的今天

人海

纵身跃入茫茫人海
深浅难辨
原以为这方天地五彩斑斓
能畅快游玩

某个不经意的瞬间
不知是谁，拉开命运闸口
潮水如猛兽，汹涌袭至面前
将我卷入漩涡，濒临溺亡边缘

镇定沉着，奋力游回岸
望着依旧翻涌的浪涛，我终于
了然——
并非所有的人海都藏着乐园
暗礁与暗流常在平静下翻涌盘旋

往后的航程
以清醒为帆，坚韧作桨
在波谲云诡中
守着内心的光，驶向远方

幸福

我曾在时光的长河里，
日夜将幸福寻觅。
它究竟藏在哪片神秘的远方？
穿梭过霓虹闪烁的熙攘街巷，
熬过无数个辗转难眠的黯淡时光。
在疲惫与迷茫交织的瞬间，
蓦然回首，原来它一直都在身旁。

于我而言，幸福是晨光里，
为一朵初绽的野花驻足凝望，
心底涌起的那股纯粹的欢畅；
是卸下生活重担，
大口呼吸清新空气时，
从肺腑漫向全身的自在舒畅；
更是挣脱世俗眼光织就的禁锢枷锁，
怀揣无畏的勇气，坚定奔赴自由
远方，
那一刻，灵魂肆意舒展的模样。
这，便是独属于我的幸福的模样。

心灵对话

——读有关语录有感

我不禁内心叩问：

真的能抵达取悦自我、
那至高无上的人生境界吗?
端详镜中逐渐老去的容颜,
能否由衷地欣然自乐?
坚守孤高,不愿迎合他人,
可这般性子,在人际相处中,
真能营造出和谐的氛围吗?

内心另一个声音悄然回应:
凡人终究不是神仙,
哪能事事周全?
不如让一切顺应自然——
人生本就有喜忧相伴,
唯有接纳,方能释怀。

梦想与理想

梦想,
是绚烂的霓虹,
色彩斑斓,不受尘世纷扰。
它静静悬浮在想象的云端,
不付诸任何行动,
宛如一场绮丽的梦幻。

理想,
是征途的号角,
把缥缈的梦想化作前进的动力,
即使一路之上,荆棘丛生,
碰壁、挫折,乃至失败如影随形,
但那颗炽热的心,从未冷却。

有人沉溺于霓虹的幻影,
有人迷失在征途的风雨里。
可人生的答案,
从不在两端徘徊——

梦想,绽放在虚幻的世界里,
是夜空中遥不可及的星。
理想,扎根于现实的土壤中,
是脚下坚实的路。

只有那些,
将梦想融入理想的人,
以无畏的勇气跨越虚实的鸿沟,
才是真正的勇者,
才能向着光明,砥砺前行

自勉

莫在他人背后,高议是非长短,
那不过是徒耗光阴,毫无意义可言。
切勿随意指责别人,

须知尺有所短，寸有所长。
自己未必比他人更胜一筹。

放下心中的妒忌，
像干涸的土地接纳甘霖，
虚心向他人取经，
这不仅是弥补短板的良方，
更是通往智慧的阶梯。

当你以谦逊为帆，以好学为桨，
阴霾自会消散，
内心盛满睿智和阳光，
方能在人生的航道稳稳远航。

浴火

任所有愤怒
于胸腔深处熊熊燃烧吧
莫让它化作狂躁的烈焰向外喷发
以内心澄澈之水悄然浇熄
在灰烬中
完成一场灵魂的涅槃
重获新生

门闭，窗启

不经意间，推开一扇门，步入其中。
门后的世界，深邃如渊。
深到无法丈量，深到令人几近窒息。

于是，倾尽生命的热忱，耗费时光的点滴，
去领悟，去付出。
可最终，这扇门依旧冷酷，
将人抛掷门外。

悲愤吗？满心皆是悲愤。
无奈吗？满脑尽是无奈。
但一切的情绪，皆如泡影，于事无补。
唯有凭借坚毅的意志，
推开另一扇窗。
窗外的天地，
或许，便是满目璀璨的光明！

修禅

金鼎香炉飞玉烟，萦纡缭绕入云巅。
幻逢莲座降云海，数尊圣佛映眼前。
宝殿森严凝肃穆，梵音婉转入心间。
抑扬恰似珠落盘，和声同韵结善缘。

虔心听法觅真源，心无旁骛守禅关。
善念本自心中种，愿引祥光遍尘寰。

沉默

题记：

面对雪片般纷扬的流言蜚语，面对前路丛生的绊脚荆棘，面对深陷人生泥沼的困局。是怯懦退缩、满心迷茫，还是如坚毅的苍鹰，历经苦难后，浴火重生，翱翔天际?

当利刃般的伤害刺痛心房，
言辞的辩驳沦为风中残响，
换来的是更深创口的扩张，
沉默便是此刻坚守的城墙。

即便内心风暴翻涌激荡，
表面也要如湖面般平静安详。
任那惊涛骇浪似猛兽张狂，
任那流言蜚语如寒箭冷芒，
也要舒展无畏的翅膀，
恰似鹰之重生般倔强，
在呼啸逆风中，
朝着既定方向振翅高翔。

沉默绝非懦弱与退让，
不争辩，只因不屑于纠缠虚妄。
一石仅能激起微澜荡漾，
百石方可掀起千层巨浪。

面对无端的挑衅与诋毁的浊浪，
言语的反击只是徒耗力量。
事实如磐，胜过雄辩千行，
正义之光，永远熠熠闪亮。

勇敢的沉默，是最有力的武装，
于逆境之中昂首向上，
以更勤勉的姿态投身事业，实现理想。
坚信明日的朝阳，定将灿烂辉煌。

鉴诗省思

当论诗之语如霰雪纷扬
于眸光前肆意地晃荡
我在霭霭雾嶂中踽踽彷徨
满心迷惘半分浅酌思量

终了我向灵魂轻声讲
任外界嚣音彻天响
只静神潜心去学习成长

将语法基石筑得固若城墙
使修辞妙笔绘就绮梦华光
令意境脉络恰似江流奔淌
雕琢出灵犀跃动、主旨昭彰的诗章

若涉足古诗词的幽僻深巷
平仄格律是那引航的萤光
但切勿被繁文束缚翅膀
不做那刻板呆滞的文字填装
方能让诗意似鹏鸟自由翱翔

悟淡

历经生死劫波的魂灵
应将诸般纷扰皆看轻
世间熙熙攘攘的是非曲径
谁能彻底理清，难辨辰星

不如静下纷扰的心境
沉浸于诗韵、墨香与丹青
让笔端淌出心底的诗影
用色彩晕染灵魂的画屏
凭旋律奏响心中的憧憬

踏上钟爱的漫漫旅程
外界评判，权当微风低吟
本就无意在尘世较劲
亦不想与人费神去争心
于平淡岁月里完成宿梦
留一卷锦绣文字，点缀乾坤

福与祸

历经世事沧桑，方知
人间有二字，福与祸
左边同着“衣”字边，却似相悖的
候鸟
右边笔画相异，犹分飞于不同云霄

那么
福至时，莫张狂
耽于极乐，灾祸易蛰伏生长
祸临刻，心莫慌
稳若磐石，方能破万里惊涛浪
所有变数，皆由心舟引航

原来，福与祸
看似对立，却如影随形
像日月交替的昼夜
彼此依存，又各有模样
恰似命运轮盘飞转
珠落此侧是繁花满径

滚向彼端，便陷荆棘迷障

幸福与忧伤

太阳与月亮
一个光焰万丈
以炽热光芒，暖透八方
一个温柔明亮
洒银白清辉，倾泻街巷

幸福的人仰望太阳
眼中燃着炽热希望
心间腾起蓬勃生长的力量
忧伤的人凝视月亮
思绪随月辉飘荡
心底泛起无尽的惆怅

于是人间便有了
风格迥异的诗行
幸福似阳光下的欢歌嘹亮
忧伤如月色里的低诉绵长

友谊

友谊似一座风雨不摧的桥
跨越山海，将你我他紧紧相连
每一块砖石，都镌刻着相伴的瞬间
岁月流转，情谊在其间生长蔓延

友谊如一首悠扬的歌
音符跃动成星河，一生也唱不完
从青涩哼唱，到暮年的浅斟低吟
每个旋律，都弹奏着彼此的心言

友谊像一朵绚烂之花
悄然绽放在有缘人的心田
用真诚灌溉，让芬芳飘散
任时光变迁，始终娇妍不残

灵魂倾注，文字生光

文字的灵动，
源自心灵深处的共振。
每一个字词，
都跃动着作者内心的旋律。
灵魂倾注的文字作品，
即便质朴，也有触动人心的力量。

而那些抄袭拼凑的文字，
即便辞藻堆砌得华丽，
却似无根浮萍，徒有其表，
空洞之感尽显。

缺失作者真实情感的灵魂，
终究难把人心打动。

当灵魂与文字交融，
迸发出的是真诚与热爱的结晶，
是岁月沉淀后的彻悟，
是对世界独特感知的表达。
这样富有灵魂的文字，
拥有穿越时空的魔力。
任岁月流转，
都能引发读者强烈共鸣，
在人类精神长河中熠熠生辉。

成功和人品

成功绝非一蹴而就
而是在岁月长河中
以日复一日的坚毅
矢志不渝的执着
铸就而成的丰碑

人品的优劣
取决于在纷扰攘攘的尘间
能否将正直善良
镌刻进生命的每一步

勇士

别人成功不妒忌
自己失败不叹息
不惧风狂雨骤打击
昂首笑踏坎坷路
才堪称为顶天立地
——一名勇士

人生路

自呱呱坠地那一刻起，
便踏上这漫漫人生路。
前行途中，风雨常伴，
也有暖阳，温柔照拂。
这一路如何奔赴，
全然取决于自己的脚步。

真实

做纯粹本真的自我
不费心思取悦他人
亦不委屈地向显贵献媚附和
哪怕像孤星在夜空沉没
于我而言，也是坦然的归宿

乐与非乐

时常叩问自己，
何事能让快乐漫溢于心？
投身热爱之事，
像飞鸟归林，掠过流云，
衔来清风与花香，奏响自由的弦音。

若为钟爱之事
戴上他人的镣铐起舞，
霓虹灯下，掌声如潮，
锁链却在暗处，勒紧灵魂，
欢愉瞬间散尽，
徒留怅惘，深陷愁闷。

伤害

不伤害任何人，
是你深植灵魂的涵养，
也是心底最柔软一方。
可生活暗箭，
不知何时从角落射放，
总莫名让自己中伤。
许是太过纯良，
忘了为真心设一道城防，
伤痕便成了岁月的印章。

创作者

创作者的动力源泉
是知识深海中逐浪扬帆
是读者眼眸跃动的星光
是前辈书信赤诚的箴言

难能可贵的是，
哪怕寒风吹乱思绪，暴雨打湿纸笺
却吹不散眼底的星光
手中之笔仍在岁月长河里
永远朝着远方续写新篇

置身世界感悟生命

活在这绮丽的世界
晨曦轻拥灿烂朝阳
朦胧中升起新希望
黄昏静送斜阳隐入山冈
晚霞里任遐想肆意翱翔

活在这困厄的世界
深陷逆境，前路茫茫
骤雨裹挟泥点纷扬
扑打满是泪痕的面庞
混沌迷雾遮蔽前行方向

活在这温情的世界
纯粹如水晶的友谊
在心房深深安藏
它似一湾澄澈的清泉
在记忆的长河悠悠流淌

活在这迷幻的爱情世界
美满爱恋晕染幸福时光
苦涩情殇终成心底暗伤
红尘辗转，情字何解
为何总教人徒增悲凉

活在这五味杂陈的世界
酸甜苦辣都要品尝
喜怒哀乐常伴身旁
待曲终人散，化烟轻扬
或携残梦，或载星光
飘向无垠的穹苍

人生随想

人生如酒，酒有千味，心有百态
欢欣得意时
似啜一杯馥郁琼浆
甘美在舌尖绽放
醉意于心头流淌
落寞失意时
像咽下一口酸涩苦酿
愁绪在喉间缠绕
苦涩在心底蔓延
品的，皆是当下心境

人生如太阳
日出日落，恰似人生轨迹的勾勒
童年岁月
如初升朝阳
每一缕光都晕染着无瑕梦想
青春韶华
若正午烈日，热情奔放
浑身腾起拼搏的烈焰
人至中年
如午后暖阳
敛去灼烈锋芒
让温暖的光洒向尘世
笑看春去冬来，沉淀半生荣光
步入老年
如暮霭晚霞
褪去夺目华彩
静坐庭前，细数往昔星光
把沧桑故事，讲成岁月诗行

人生如列车

一路疾驰，驶向终点
途中，人潮熙攘，喧嚣似澜
有的人，成为至亲至爱的家人
有的人，成为肝胆相照的挚友
而更多的，只是转瞬即逝的过客
他们悄无声息地出现和离去
不带走一片云彩
只在记忆的站台
留下一抹淡淡的剪影

人的一生，
无论尽享荣华富贵
还是安于清贫平凡
终将如落日隐入群山
所以，在这有限的生命时光里
只要曾全力以赴地努力
矢志不渝地奋斗
心怀善意地生活
便足以坦然回首，无悔此生

夕阳之路

天上云朵可以肆意卷舒，
地上之人，能否主宰前程？
面向无垠大海，
渴望与孤寂灵魂一同放逐。
婉转琴音跌落风中，
跌宕歌声穿云而来。
你们可是在弹奏，那饱含喜怒哀乐的人生？
你们可是在咏唱，心中曾怀揣的绮梦？

望海、听歌、凝思……
蓦然回首，已近落日黄昏。
不禁叩问自己：
奋斗岁月还剩多少时辰？
望着天空翻涌的层层云涛，
惆怅的心啊，骤然下沉。

忽见海鸥振翅掠过身旁，
迎风破浪飞翔。
沉闷的心倏忽开朗。
潇洒地旋身离去，
大海慢慢隐退于视野。
张开双臂揽住漫天金晖，
笑着走向这流霞的黄昏之旅。

人生选择

虚伪而空洞的盛宴，
恰似过量的甜酒，令人腻烦。

饮下，心中翻涌着五味杂陈，
何苦勉强自己吞咽？

人生若展开两条路径——
一条通往热闹却虚情假意、
满是炫耀的社交泥沼；
一条通向淡泊宁静的独处幽居。
我会毫不犹豫，
弃前者如敝履，择后者为归处。

人心，是最深奥的谜题，
似天际流云，变幻难测。
或许一句话、一件小事，
就能搅碎内心的平静。
察觉到这般变化，我们悄然远离，
直至成为彼此世界的过客。
即便不舍与无奈交织，
也不必困在纠结与强求的枷锁里。

除了专注工作、投身学习，
参与充满正能量的社交，
我们更应回归宁静的港湾，
躲开尘世喧嚣。
在无人束缚的自由天地，
心灵如飞鸟自在翱翔。
独处虽偶感孤独，
内心却在这份宁静中愈发丰盈。

我愿如梅，于独处中坚守自我：
百花争艳时，默默隐于幕后；
落红凋残时，静静独自绽放。
无惧凛冽寒风，挺立于冰雪间，
以梅开三度的坚韧，迎接春天。

人生如秋风扫落叶，
缘起缘灭，聚散匆匆。
一切皆有因果，坦然接受便好。
无论命运将我们抛向——
穷困潦倒的低谷，还是风光无限的
巅峰，
当生命走向尽头，
繁华与落寞终成过眼云烟。

珍惜真心相待的人，
感恩伸出援手的人，
远离心怀恶意的人。
修心，修性，修行，
让灵魂在岁月中愈发纯净。
如此，当与尘世作别，
便能坦然回首——
这一生，皆为心中所选，
未曾虚度。

余生，何往？

人生之路，说长且漫长，
数十载春秋，步步印沧桑。
人生之途，道短亦匆忙，
恍惚间惊觉，不知哪日，
便悄然消逝，没入尘壤。

回首往昔，岁月如章，
辉煌时刻，熠熠光芒。
坎坷途中，步履踉跄，
也曾于暗夜，困于怅惘。
而今回望，万事皆成幻，
只剩寂静陪伴身旁。

心底悄然自问，
该如何度过余下时光。
深知难遂众人期望，
无力在人际网中周旋，
亦无资格，对他人评短论长。
或许，寻一方宁静，
沉浸于书画诗章，
才是余生，最安然的梦乡。

踏实走过每一天

曾满心期许，
捧赤忱真心，倾纯粹爱意，
人生便能如满月清辉，洒落无憾。

行至半生，恍然惊醒，
这熙攘红尘风云变幻，
纷纷扰扰如乱麻织成的网，
绝非一己之力能轻易解完。

怀揣万分谨慎，
用心维系每一段缘，
可命运的河总在暗处转弯，
有些身影渐远成模糊的点。
一心盼着他人展眉欢颜，
却在讨好的迷宫里打转，
险些迷失了最初的本真面。

这便是生活，冷峻又真实，
从没有永不褪色的梦幻花田。
所以，不管余生之路多蜿蜒，
都要学会看淡，松开执念，
让每个平凡的日子里，
都盈满安宁的甜。

耕耘与收获

曾文正公箴言，似洪钟震响耳畔：
莫问收获几何，但求耕耘深浅。
梁任公肺腑良言，如朗月清辉指引迷津：
莫骄盈自傲，莫怯懦自怜。

所言极是，恰中要害。
耕耘之程，起于跬步之间。
挥汗踏征程，何惧山高水远。
努力多寡，决定收获丰歉。

为人处世，谦逊最为关键，
骄矜之心，恰似临渊之危。
自满如垢，蒙蔽前行视线。
谦逊作舟，方能驶向彼岸。

怯懦自叹，如绳索缠缚手脚，
勇敢奋进，若骏马挣脱羁绊。
心怀壮志，何惧风雨阻拦，
砥砺前行，方能得见山川。

苦之悟

读书之程辛且难，
刻苦钻研，知识方能如泉涌心间。
墨染丹青艰且难，
悟透形韵精髓后，
笔锋逸然，宣纸之上意自宽。

学歌之路苦辛连，
熟知五线谱，节奏随心转，
婉转清音空中漾，韵律悠悠润心田。

朗诵之程多坷坎，
发音求精准，技巧细钻研，
朝朝练声未曾断，
才能赋予文字魂，二次创作绽华灿。

学写诗文，棘途常作伴。
饱读万卷书，历经生活波澜，
方能将心中感慨万千，
化作诗行中的锦言。

诚然，学习技艺苦需咽，
但此绝非至苦之体验。
成功时欢欣，阴霾全驱远。

于我而言，有一种苦彻骨钻，
人心似渊暗潮翻，阴晴难测总无端。

我常常这般自警自勉：
人心恰似雾中渊，何必执意寻答案。
一个人即便事事尽善尽美无憾，
评说亦有千般。

缘来缘往皆有因，得失不必太挂牵，
善缘至时，我必倾心去相伴，
孽缘袭来，权当人生磨砺锤炼，
缘生缘灭，皆有定数暗中牵。
唯有秉持豁然信念，
方能拨开云翳见春山。

假若

假若我是一束光
冲破四周的暗障
散发熠熠的光芒
将每寸幽暗照亮

假若我勤奋苦学
日夜攻读志如钢
在知识海洋破浪
人生会溢满希望

假若我大度慈祥
即便伤害来冲撞
心向暖阳自敞亮
何惧孤独和怅惘

路

踏入一条叉路
越行越觉前路模糊
为博他人称许
小心翼翼不敢疏忽
却把灵魂囚进无形桎梏

这般劳心苦形
孤独之感如影随行
莫非这是命运定数
一条不归路？

不！看石缝里的新芽正顶开冻土
或许我该挥别旧途
任自由的风撕碎这迷途的雾

自诫诗

当他人以“老师”相称
那是敬重的褒扬
并非自己已登卓越的殿堂
他人于争论中沉默避让

那是涵养在绽放
并非默认所言皆为至理昭彰

故而常将警语刻心房
莫要自视甚高，迷失了方向
三省吾身，律己莫怠荒
不要目空一切太骄狂
莫让傲慢，将谦逊善良埋葬
以谦卑之态，迎接岁月悠长

论作品品鉴

作品品鉴如何
常被眼光定夺
若戴偏见枷锁
佳作也遭贬落
倘若盲目崇拜，陷入主观泥窝
哪怕文意生涩，内容空薄
凡俗篇章也被捧成稀世珍宝

第十七辑　爱与友情的诗艺凝萃

陈剑萍　作

前言

自人类文明在大地上萌芽,"爱情"二字便如永恒的星光,点亮无数诗行。从《诗经》中"关关雎鸠"的含蓄吟唱,到李清照笔下"此情无计可消除,才下眉头,却上心头"的缠绵悱恻,再到唐诗宋词里"身无彩凤双飞翼,心有灵犀一点通"的灵犀相知,无数文人墨客与民间歌者,将爱情的千般模样,化作流传千古的动人篇章。

爱情是文学殿堂中最神圣的瑰宝,是不容亵渎的精神图腾。它既承载着人类最纯粹的情感向往,也折射出灵魂深处最细腻的悸动。

然而当下,部分爱情诗作却陷入误区。为博取关注,不惜用低俗笔触消解爱情的圣洁,以浮夸辞藻扭曲情感的本真。这促使我不断思索:如何以第一人称的真挚独白、第三人称的冷静洞察,借山川风月之景,以雅致脱俗的文字,精准描摹爱情中或甜蜜、或酸涩、或怅惘的复杂心境?如何让诗歌真正抵达人心深处,重现爱情最本真、最动人的模样?这正是我矢志不渝的创作追求。

爱的交响

茫茫人海之中
两个陌生人偶然遇见
不知是前世未了的情
还是今生注定的缘
两颗心,自此紧紧相连

若有两架钢琴静静摆放
你们就像默契的演奏者
指尖落下,音符流淌
奏出一曲和谐乐章
恰似大珠小珠,在玉盘上轻响

若眼前是一湾清澈的荷塘
你们便是水中的并蒂莲
微风轻轻吹过
倒影在波光里摇曳相伴

若身旁有一条潺潺的溪流
你们就像那缠绵的涟漪
在阳光下闪烁光芒
在月色中奔向前方

若心中有一首未完成的诗
你们把美丽的风景、人间的温暖
还有对未来的美好心愿
都写进这温柔的诗篇

岁月匆匆如过眼云烟
而你们的深情之恋
不需要浪漫的幻想
也不需要永恒的誓言
两颗相依的心
无论近在咫尺，还是远在天涯
永远相伴，岁岁年年

爱之泪

题记：

爱是天缘。见与不见，爱与不爱，天注定。一个人在人生漫长的道路上，总会遇到不同的爱。随之而来，由于不同的遭遇，就流下了不同的眼泪！

一人飘向遥远的天边
似断线纸鸢一去不返
徒留另一人独守孤盏
回忆相濡以沫的时光
悲戚如决堤之水漫涨
化作凄泪簌簌流淌

一人徘徊故园旧巷
一人漂泊异国他乡
偏偏相恋在红尘之上
隔着云海，隔着月亮
彼此痴痴遥望
思念如潮水翻涌跌宕
相思的泪，悄然洇湿眼眶

曾携手同行的人
决然转身，背影没入人海
留下另一人独自疗伤
追忆往昔甜蜜时光
刺痛于被弃的模样
满心破碎，悲恨难藏
滚烫的泪，化成心底的冰凉

爱之泪，宛如天际的云朵
承载深情，化为泪滴坠落
那是爱的宣泄，情的释放
任世间风雨，也无法阻挡

爱之语

题记：

一旦心里住着一个人时，无论如何克制自己，都会思念。想尽办法摆脱也不能罢矣。你不能左右他，他却能左右你的悲喜情感，这兴许就是一种“缘”吧！

心里住着一个人
无关单恋苦涩的熬煎
无关相恋甘美的蜜甜
无关近在咫尺的陪伴
无关远在天涯的挂牵
思念如疯长的藤蔓，缠满空隙时间

心里住着一个人
无关风花雪月梦幻的浪漫
无关缱绻缠绵炽热的诺言
像呼吸般自然，思念不受控地蔓延
在每个晨昏肆意舒展，缠绕心间

心里住着一个人
无关见与不见的聚散悲欢
无关婚殿红毯那盛大祈盼
思念的种子，早已深植在心田
于寂静的夜里，燃成不灭的火焰

爱的思念，就是这般
如汹涌的潮水，一往无前
心中的任何堤坝，都无法阻拦

这无法回避的天缘
注定心中住着一个人
思念啊，流转岁岁年年，从未间断

爱寻尽头

倘若天之尽头有爱
那么红尘一双恋人
能否于云海两端
凭借爱的风帆
破云穿雾相见

倘若海之尽头有爱
那么凡间的灵魂伴侣
能否在大海彼岸
借助爱的航船
驶向追梦的港湾

倘若花之尽头有爱
那么尘世一对情人
能否于花丛两边
飞越绚烂的花海
写就浪漫的诗篇

倘若生命尽头有爱
那么今生无缘相守的人
能否化成仙鹤飞天

穿越到隔世的仙界
完成前世共同的夙愿

等你，在黄昏

题记：

两个相爱的恋人，虽然约会的地方不同，等待的时间长短不同，等待的想法不同；但是，有一个共同的特点，渴望恋人早点到来。

等你，在黄昏
在雨后的黄昏
天上一道飞虹
架拱桥悬当空

斜阳西沉弯月东升
河水潺潺伴着蛙声
马兰清香飘满花丛
雀鸟归巢无影无踪

白桦树挺立
微风摇曳绿叶青枝
突然觉得每棵树里
都有你的身姿
还有温暖如春笑意

时间似水流逝
欲想转身离开
忽然一匹白马
从茂密的丛林深处奔来

仿佛
你像从远古战场里
归来的勇士
又像是从水墨画里
走来的画家
更像从爱情神话里
带着平仄韵律走来的诗人
……

恍恍惚惚之间
秒针似乎停止不前
定格月下笛音如珠落盘
定格美丽缥缈似的梦幻

爱的感应

题记：

爱的感应，看似有点抽象，但确实存在。两个相爱的人，即使相隔天涯之遥，梦中的场景迥异，也常常会同时梦见对方。即使在不同的场合，也常常会同时想起对方。

当你睁开眼睛
迎接第一缕曦光
朦胧中浮现梦景——
你和他在月夜下徜徉
数银河里闪烁的星星
望墨云里穿行的月亮
周围一片宁静和安详
你们含笑对望
幸福在心海荡漾

当晨鸟啼叫的声响
把你从睡梦中唤醒
恍然惊觉是美梦一场
你和她漫步山路上
参天古树矗立两旁
缬草散发阵阵幽香
云雾缭绕氤氲山冈
你们同时拿出笔和纸张
写下心中最美的诗行

你依偎石灰岩
极目望大海
海天相连成碧蓝直线
移步坐在柔软的沙滩
近听涛声起伏跌宕
远看浪花奔涌向前
一排排波峰浪谷
舞动银绸般的狂欢
心也随之泛起微澜
此时此刻你想起他
想起你们因海结下的缘

你孤独地站在礁石旁
任凭海风吹起黑发和衣裳
面对大海的浩瀚渺茫
望着天边的绚烂晚霞
想起柔情似水的她
她的眼神流露忧伤
让心海泛起细浪

爱的感应是天缘
无人可以阻挡
早已在潜意识里
筑成彼此灵魂中
最纯美的殿堂

笛音飞空谷浮云不了情

幽咽笛音，倾诉离情，有谁在听？
空寂山岭，难寻人影，

唯有葱郁树林，光影交错间，透着空灵。

笛音和着孤雁哀鸣，
划破岑寂，惹动愁心。
往昔如梦，在脑海回萦。
簌簌清泪，似残英落地飘零。

望断云海，垂泪悄凝。
欲托云笺诉离情，
怎奈浮云飘去，不解人间至性。

残阳西沉，隐入暮云。
层岚缭绕，轻抚翠林，
氤氲了群山峰顶。
柳笛声声，依旧耳畔回萦。
脚下踏着星光月影，
每一步，都陷在满心悲戚里独行。

爱的盲区

题记：

两个看似相爱的人，一个痴情，一个忽冷忽热……他们是真爱吗？或者是一方的情深意重，使另一方难以割舍而产生的爱？现实生活中这种情况很多，让人情不自禁进入爱的盲区。

假若爱似海一样清澈、深沉
为何眸光似被海面迷雾遮挡
失落如浪潮在心底翻涌激荡

假若爱似古树扎根时光
枝桠应向着永恒悠然生长
为何惆怅的藤蔓却缠满心墙

假若爱像红豆寄寓念想
天涯海角也该衷情守望
为何忧绪于云雾里飘荡
寻不到爱的方向像迷途羔羊

或许对方心中的爱只是搁浅滩上
经不起任何拍打的风浪
或许那爱轻如柳絮纷扬
又恰如落花随风飘荡

乌云携着阴霾肆意翻卷
天地陷入黯然的昏黄
细雨如愁绪斜织而下
脸上流淌的分不清是雨是泪的哀伤

爱的情深意重

题记：

世界上有一种爱，堪称情深意重。即使相隔天涯，也难舍难放下。这种爱的情深意重，没有柔情蜜意的语言，没有卿卿我我的相思，已经上升到灵魂深处最纯净的境界。彼此信任到可以毫无保留分享快乐、迷茫和悲伤，而不对外传递。这种爱的情深意重，可以看成是：当你穿越繁华，走过平坦与泥泞，回眸发现，她就在灯火阑珊处静静等你。这份情意，在岁月流转间，化作无数动人的画面。

夏日傍晚
雨滴还在淅沥缠绵
一缕金光却穿破云岚
为翠树和灰檐
披上鎏金的衣衫
瞬间绚丽的七彩绸缎
于澄澈的苍穹蜿蜒
似鹊桥横跨云海天
构成一幅唯美的画卷

凝望虹霓
我想起你和她
你们爱的情深意重
美如天边绮霞
哪怕相隔天涯
又怎忍放下

夏日荷塘
芙蓉粉裙翩跹
于粼粼波光里飘旋
像幸福的花仙
荷叶舒展绿伞
似忠诚不渝的守护君
默默相伴身边

凝视满池繁花
我想起你和她
你们爱的情深意重
恰似圣洁的莲花
在尘世中盛开
哪怕身处两地
又怎忍将彼此放下

望云雪诉心语

（一）

题记:

爱情的范围很广，其中有一种爱——美好遐想之爱。有时候，一个人的内心深处，会藏着别人不知道的爱的小秘密！遐想的过程很美，无关任何结果。

一条云路缥缈弯又长
一直通往远方
欲想化成七彩云裳
飞过峻岭，飘过山冈
寻找魂牵梦萦的他乡

一片云海起伏在天上
像雾一样迷茫
欲想变为一条云舟
飞过碧海，越过重洋
来到你的身旁

大雪纷纷扬扬从天而降
三角梅裹雪围绕灰墙
欲想变成仙梅，飘溢暗香
来到你充满温馨的书房
默默伴你书写岁月悠长

（二）

题记:

思绪纷飞间，更多的遐想在心底绽放。

若能变成一朵绮云
我愿投影在溪水柔波里
随着鱼鳞纹涟漪
舞出如花摇曳的美姿
只为引起你的注意

若能变成一条美丽云舟
飘荡在灿烂霞海里
有风帆我却不愿撑起
只是为了等你登舟
一同驶向目的地

若能变成北国的一朵雪绒花
我愿翩翩飘飞在你的庭院
旋转飞舞不停息
只是为了祈盼你
捧在手心融化在一起

天意

题记：

天意可以让陌生人相遇红尘，走到一起；天意又可以让亲近的人相隔在天涯。

云，如雪山悬浮碧空
岭，像玉龙卧于林莽
天意啊，竟赋予
它们同样纯白的模样

北国，大雪纷纷扬扬
雪松挺立，愈发坚强
有人伫立雪原中央
抬头凝望远方
眼眸流露失落目光

南国，蓝楹肆意绽放
海水翻腾，卷起银浪
有人静立沙滩之上
望着孤鹜追逐落霞飞翔
心底，涌起深沉的忧伤

天意
让你们邂逅又天各一方
身处南北两端
却在同一时刻把彼此怀想

因为思念
心似孤叶随风飘荡
寻不到栖息的地方
在雾霭中迷失了方向

世上多少恋人，共顶一片穹苍
却被万水千山阻挡
恰似云山与雪岭，共入一幅画——
天地为框，框不住离散的凉

空

题记：

红尘中有一种爱——单恋。对方的外貌、对方的优秀、对方的闪电眼神、对方的温柔一句话、对方的无意中关心，都会让自己情不自禁陷入爱河之中……这种单恋的幻想过程很幸福，得不到的结果却痛苦。但是随着时间流逝也会渐渐沉淀于心底。

多情的叶子
看见溪水柔波里

彩霞翩舞美姿
离枝拥抱却空欢喜

多情的月亮
把柔情银光
洒向温馨书房
屋中人无心相望
只能空诉一片衷肠

多情的大海
盼着拥抱炽热太阳
想暖自己寒冷胸膛
却总等来空的希望

叶啊，你为何多情
可知水中难拥霞影
月啊，你为何多情
可知凡间多有无心人
海啊，你为何多情
可知太阳会隐进云层

——或许单恋本就如此
不求结果，甘愿幻想

鹤的纸船

题记：

红尘陌上，两个人于千万人之中遇见、相爱。即使是时间和空间的阻隔，彼此远离，也能深深牵念，成了一种无法阻止的深沉之爱。

带着满满思念，
缓缓沉入梦幻。
梦见来到海边，
仰望繁星点点，
闪烁深邃的天。
月光下的我是那么飘然。

拿出一张张纸笺，
里面没有半字片言，
却画满南国的三角梅，
南国的红豆和丝兰。
用它叠成鹤的纸船，
轻轻放入水面，
看着它漂向海的那边。

纸船漂到一座美丽城堡前，
鹅毛大雪纷飞旋卷。
梅花迎雪于花园，

粉颜轻绽，
盼与雪缠绵。

你轻轻打开城门，
掬起鹤的纸船，
双眸晶莹泪光在闪，
似乎看见，
我爱的深沉和牵念。

梦断——
晨曦照亮窗前。

花园雨中情

秋雨缱绻
如丝如缕飘落花园
我静倚窗前
凝望雨中轻颤的薰衣草
红尘中的各种情感
一一浮现眼前

两条平行的人生轨迹
在命运的拐角悄然交汇
无关风月，不问情深
世俗的红线，将两人缠绕
从此共赴婚姻的长河

岁月的长河里
有些相爱的灵魂
同甘共苦，风雨同舟
一直走到生命的尽头

有些炽热的爱火
却被三观熄灭
半途离散，各奔西东
只留破碎的诺言
在记忆里泛着苦涩的印痕

亦有许多无爱的婚姻
靠着亲情的藤蔓、责任的基石
在岁月里相互依偎
于磕绊中，走向白首

而世间最无奈的爱
错放在人生岁月另一个拐角
明知是镜花水月
却甘愿沉沦
将相思种进骨髓深处

这爱如庄生蝶梦
虚幻却绚烂
梦见彼此灵魂相撞的刹那
迸发出璀璨的光焰

照亮孤寂的长夜

可当晨曦刺破梦境
一切重归寂静
隔着万水千山
唯有泪水与思念
在心底默默流淌

或许，世间所有的遇见与离散
皆是命运早已写好的诗篇
缘深缘浅，不过是
岁月长河里的一次回眸、一场擦肩

紫韵恋歌

明月如练垂天边
紫霞化仙下人间
旋身起舞惊星辰
凝眸浅笑意阑珊

薰衣入盏香缱绻
茶烟袅袅飘雕栏
紫仙穿梭花畦间
采撷芬芳似飞燕

与君同临碧草原
格桑花前许誓言
同摇轻舟游江南
丁香结下今世缘

春雨如酥撑紫伞
并肩走过青石板
一唱一和赋诗篇
浪漫紫韵入流年

灵魂伴侣

题记：

在苍茫的人海之间，在千千万万人之间，很难寻觅到或者一生都无法寻觅到志同道合，一直走到生命尽头的灵魂伴侣。即使这样，我也带着不同遐思，写下《灵魂伴侣》。

（上）
流云天际飘荡
秋花摇曳苍凉
浪涛拍碎月光
白鸥掠过雾茫

枯叶风中作响
暮色浸染山冈

孤鸟枝头浅唱
思绪盈满心房

穿过熙熙攘攘
追寻契合灵光
那灵魂的回响
藏在哪个远方

或许
他正跨越山海
冲破荆棘风霜
我们终将相遇
心灵相通地方

彼此目光相撞
灵魂合奏交响
从此不再流浪
共谱岁月华章

（下）
若能把灵魂分成两半
一半是我，一半就是你
它们碰撞一起
成为彼此的灵魂伴侣
然后走向心灵最神圣净地

若能把灵魂伴侣看成两朵云
在澄澈的蓝天下悠然舒展
一朵是我，一朵就是你
相互吸引，融汇一起
飘荡在浩瀚天际
即使迷雾悄然笼罩，雷雨突然袭击
过后依然是原来的自己

若能把灵魂伴侣看成两颗水滴
随溪流一起奔向大海
一颗是我，一颗就是你
在苍茫无垠的大海里
无风无雨，享受平静
当狂风卷起巨浪，暴雨如注倾袭
化作怒吼的狮子
不屈服，勇敢回击

若能把灵魂伴侣看成两个人
褪去浮华，安守本真
一个是我，一个就是你
自感平凡，不与世争
在喧哗尘世间，寻一隅宁静地
种几株花草，读几行文字
做喜欢的事，酿岁月的酒
让初心如星，照亮彼此
从青丝走到白发

直至生命的烛火缓缓熄灭

独悲

你踽踽独行在幽静的小路
无数次幻想
他陪伴在身旁
你们手挽手，朝着
大海的方向奔赴

你眯起温柔的双眸
仰望穹苍
一对白鸽掠过天际
舞动着飘逸的翅膀

路边芦苇在夏风中轻摆
与对面的百子莲私语呢喃
初月与夕阳
在绚烂晚霞中，遥遥相望

此刻
思念如潮水蔓延
可惜呀，山海相隔遥远
一念及此，悲戚涌上心间
一声长叹
泪水模糊了双眼

无奈

从未想过将你拥有
从未奢望你把我铭记
我们远隔天涯
没有明天，亦无未来

只是当月亮隐入云层
繁星消失在黑幕
那浓浓的思念
让人心痛，让泪如注

没有星月的夜晚

在星落银河的夜晚
对你的思念如潮涌动
愁绪在心底翻搅
泪意冲破眼眶防线

在月隐云帷的深夜
独仰浓稠如墨的天幕
想将往事封存遗忘
思念却又溢满心间

邂逅

橙红的绮霞映照海面
你伫立在海岸之畔
海风吹起如瀑长发
忧郁的双眼，望着远方

他脚步轻盈，似春日微风拂过
悄然来到你身旁
轻声询问你因何黯然神伤
你嘴角浮起一抹浅笑
万千思绪，在沉默中静静深藏

海浪澎湃，奏响激昂的乐章
椰影婆娑，在水面上摇晃
你们并肩伫立，任时光缓缓流淌
身影仿佛，定格在这黄昏的岸旁

忽然，他吟诵起一首情诗
字句如溪流，淌过寂静的时光
末了，低语“认识你真好”
说完，转身，身影没入昏黄

你凝视着他远去的方向
他的诗句，带着温柔的光
撕开了心底尘封的伤
滚烫的泪，滴落清秀的面庞
落霞如血，似在为这场邂逅倾诉离殇
又似在期许，这场守望地久天长

情深意重

自从认识你那一刻起
注定此生牵念一辈子
但不想成为你的羁绊
却愿充当你的铺路石

如果你把我看成星星
你就是月亮
围着你转的最亮一颗
就是我

如果你把我看成牡丹
你就是身边一棵大树
对着你绽放的最美一朵
就是我

如果你把我看成飞鸟
你就是宽阔深沉大海
在你面前飞得最优雅的一只
就是我

我们之间的深厚情谊

流淌于山水云月之间
红尘路上一路相伴
到永远、永远

爱

面朝大海
扬起友谊之帆
没有缠绵没有缱绻
却有世界上最深沉的爱恋

犹如
星爱月云爱天
鸟爱树草爱花
鱼爱水松爱山

顿悟——诵中写诗

题记：

在一次诵读打卡中，读到一位诗人，因被爱伤透到心碎，写出愤怒的诗。由感而发，用我平时写诗时的不同风格，写下《顿悟》。

黑幕压城城欲摧
无月树林更阴森
爱的毒火心中燃烧
爱的毒蛛灵魂缠绕
爱的毒瘤体内膨胀
爱的灵柩身边驶过

受伤的心
像狼一般哀嚎
你爱他在人间深渊
乱藤盘身，越盘越紧
无法挣脱

你恨他在悬崖边上
想扯着他飞跃而下
粉身碎骨，一解千恨

灵与肉，幻想与现实
凶猛残酷的精神搏斗
最终应该，是恍然顿悟

虚假的爱和承诺
像一出木偶剧上演
拉下帷幕皆是空
请把左手按在左心房上
昂起头，高傲地对自己说

走出爱的伤痕累累窟窿吧
相信美好的一天定会来到

相伴永恒

题记：

一对爱人，终有一天，一人先离去。留下的一人，必然孤独和悲哀。只能通过心灵的寄托，才能渐渐摆脱阴影。但是由于每个人的相遇、经历、爱好、生活习惯等不同，就造成每个人的心灵寄托不同。我在读书中，读到有关的文字，由感而发，写下此诗。

假若有一天
我不在你身旁
去往遥远的地方
请不要哭泣与悲伤

也许我会化作一朵海棠
在你的书房悄然绽放
你轻嗅馥郁芬芳
将心底话语缓缓讲
恰似我仍在你身旁

也许我会化作傍晚的霞光
温柔地披洒在你肩膀
陪你漫步幽静的街巷
让你不再孤单与迷茫

也许我会化作林间的夜莺
在晚风里婉转鸣唱
你循着歌声前往
来到潺潺溪流旁
看水中月影晃荡
书写饱含深情的诗行

也许我会化作天使
展开皎洁的羽裳
飞至你的屋檐之上
旋转、飘舞、飞扬
陪你于雪花世界畅想

也许我会化作一条美人鱼
在近海的浪花里游弋
只为迎接热爱大海的你
当你透过层层雪浪
看见最灵动的那条鱼
便会忆起我们因海结缘的地方
心中泛起的柔波轻轻荡漾

夜幕降临，弯月悬于天上

当你眺望海岸的灯塔
那闪烁的暖光
是我在远方静静守望
盼着与你相聚的时光

七夕情

晓日登楼倚画栏，幽径寂寂无人喧。
琴音袅袅情思漫，乌语凄凄意韵寒。
旧忆萦怀愁绪乱，浮云能否化忧散。

黄昏静立碧湖滩，风拂清波起细澜。
月下孤身形影单，遥盼锦书解愁烦。

夜静星疏望玉汉，未见灵鹊架桥欢。
相思黯黯泪轻弹，心潮翻涌意难安。
极目天涯山水远，两处迢迢聚首难。

望月幽思

遥穹抬目望，暮霭漫昏黄。
冷雨敲轩牖，忧愁暗自伤。
婉歌音缱绻，凄韵久绕梁。
凝睇星河渺，情思夜未央。

情难断，意悠长。
凭栏轻喟叹，无语亦心伤。
望银汉，问星光。
天涯羁旅客，何夕返家乡。
同赏星河灿，欢歌共举觞。
共栖明月下，锦言岁月长。

鹊渡情牵

蟋蟀鸣叫，其音幽凄。
梧桐枝叶，纷纷落地。
遥望月宫，幻想七夕。

仙踪渺渺，鹊渡可期。
浮槎游弋，终得见伊。
织女织绮，牵牛饮溪。
无奈阻断，天河东西。

喜鹊架桥，星河熠熠。
牛郎织女，可会佳期？
且看天霁，且看云翳。

注：“浮槎游弋”中，“浮槎”本指古代传说中往来于海上和天河之间的木筏，也可指船；“游弋”指在水中游动、巡逻，也可引申为在一定范围内徘徊、移动。“浮槎

游弋”整体意思是木筏或船在水面上或天河中缓缓地、自由自在地游动。

两颗舞动的心

碧蓝天空下
云朵像蓬松的棉絮浮游
缓缓向我靠近
在虚虚实实间
我仿佛看见你
带着笑容的温柔面庞

一阵秋风掠过发梢
卷着满地红枫翩跹起舞
有一片打着旋儿
轻轻落在我的足边

我拾起这片炽热的红叶
将思念揉进纹路之间
可它却挣脱掌心
在头顶跳起轻盈的圆舞曲

此刻我的目光飞向远方
恍惚看见两颗心
正在飘动的云絮里
正在翻飞的红叶间
奏响只属于我们的浪漫旋律

牵手

手牵着手
犹如一条潺潺小溪流
欢快汇入澄澈大溪流
奔向大海，享受自由

手牵着手
犹如嫩叶攀着苍树的肩头
风雨里交织成永恒的守候
彼此相依相守
在悬崖之巅，自成一方春秋

手牵着手
岁月更显温柔
两颗心跃动着同样的节奏
青春逐梦并肩奋斗
暮年同惜落英铺满阶头

手牵着手
犹如烛与芯相拥至最后
一起点燃，把黑暗穿透

爱意在炽燃时方休

千万次地问

铅灰色的天幕垂落
乌云翻涌成墨色的浪
沉沉压向人间
在苍穹横冲直撞

狂风卷着枯叶
像迷途的魂四处飘荡
这窒息的景象
恰如心底漫溢的绝望

那些听似合理的托辞
在赤诚面前苍白无力
偏偏有人深信不疑
原来世上最遥远的距离
不是山河万里
是两颗心背离的轨迹

我在心底反复叩问
告诫自己保持缄默
莫要惊醒这沉寂的夜
可心似流萤漂在海上
朝着望不穿的星河
恍恍惚惚，诉说离殇

人该有绕指柔情
更应存傲骨铮铮
倘若缘分终有尽时
寒风掠过空荡的街角
吹干眼角未落下的泪
即便伤痕遍体
也要带着最后的骄傲
决然转身不回头

此诗献给情感处于困惑中的人

晚霞与古琴

在天的这端
有一抹绮丽的晚霞
轻吻渐沉的夕阳
在云海里舒展霓裳
欲飞向远方

在天的那端
有一把古老的琴低吟浅唱
弦音漫过岁月的霜

携着爱之深、情之长
漫过千山，飘向穹苍

晚霞轻问月老
何时能冲破这天地的网
将思念织成翅膀，飞到古琴旁

晚霞与古琴
两情相悦，却远隔重洋
盼着宿命相逢的刹那
霞展开绚烂霓裳
飞落斑驳琴弦之上
共奏一曲永恒的绝唱

古琴和晚霞：此诗中暗喻人。指天各一方的恋人。

琴瑟和鸣

你，乃九霄遗落的瑶琴
灵府凝萃星辰私语、天籁仙音
我，是霜雪凝成的弦丝
柔曼且缱绻，紧扣你鎏金琴身

于时光的罅隙中交融契合
我们琴瑟和鸣
奏响尘世最叩魂的弦音

你携我，踏破轮回的幽暗
来到三生石畔
彼岸花在暮色里绽放绮艳

我幻作蟾宫下凡的月仙
腮凝芙蕖绽春妍，罗袖舞若流萤翩
琴音悠悠穿透千年的眷恋
我歌婉转倾诉不渝的誓言

晚风轻拂，我引你步入荷香梦境
在池塘粼粼波光间
我们幻化成并蒂鸳鸯
双栖共宿，戏逐粉荷中央
轻衔那朵并蒂莲
续写五百年前未尽的尘缘

你为琴，我为弦
相依相伴，直至沧海桑田
世上最美的诗笺
自我们的琴音里翩跹
一唱一和，将深情酿成岁岁流年
动魄弦音，在岁月瀚海镌刻永恒誓言

心中的雨巷

——诵中写诗

淅淅沥沥的春雨
像灵动音符轻叩轩窗
戴望舒笔下的雨巷
凄美却又深牵着心房
你一个转身离开书厢
走进静谧悠长的雨巷

你撑开陈年的油纸伞，
伫立于朦胧烟雨中，
双眸闪着深邃的目光。
街边路灯洒下昏黄，
丁香随风摇曳吐露暗香。

突然眼前一亮
仿佛踏入如梦似幻的雨巷。
一位像丁香一样的姑娘，
踩着落花，穿过雨雾，
走近你的身旁。

清澈的眼神，飘逸的长发
馥郁幽芳，沁入心房，
似神话中的仙子从天而降，
撩拨心中难忘的绮想。

回看戴望舒笔下的《雨巷》，
主人公带着忧郁与迷茫，
在昏沉的雨巷徘徊流浪，
渴盼邂逅那丁香姑娘。
尽管姑娘神色冷漠又哀伤，
给主人公留下无奈与失望，
但那份对美好的痴狂，
从未在心底退场。

而她，雨巷里走来的姑娘，
自相遇的瞬间起航，
就镌刻在你灵魂的诗章。
这份眷恋，化作雨巷的月光，
在岁月里静静流淌。

今夜

题记：

友情的暗箭、爱情的离歌，终究教会人，释怀是成长最美的行囊。

今夜，星芒月光悄然退场
我凭窗凝望，墨夜浓稠如浆
心底翻涌，命运交织的罗网
思绪悠悠，暗自跌宕

在人潮熙攘中闯荡
寻一位契合的灵魂同航
似海底探宝一样
能否守住这纯粹情乡
需看三观与珍惜的分量

昨日如影随形的搭档
今朝撞见你落难模样
曾以为能共历风霜
却在背后遭冷箭中伤

心似断了线的风筝飘荡
不甘沉沦，却无力抵挡
何苦困于这伤心泥塘
何必贪恋腐坏的甜酿

于浩渺穹苍
两人从邂逅爱到痴狂
山盟海誓，许下地久天长
可时光迁流，周遭换了新妆
不同习惯，筑起心的高墙
往昔誓言，如今全被遗忘
对方离去，隐没人海茫茫

即便心碎又何妨
莫沉溺往昔的伤
昂起胸膛，含泪再度起航
决然转身，不再回望

唉，人生似梦，过往如霜
在这漆黑如墨的晚上
我参透世事无常的沧桑
抖落满身尘埃，把释怀酿成星光
待黎明破晓，续写岁月篇章

谨以此诗献给与诗中有关的人。

湖畔念远

绿树绕湖旁，别墅一行行。
青萍映水碧，金英缀岸香。
白蝶逐风舞，黑鹅觅食忙。
孤雁掠空过，声咽断柔肠。

抬头望远方，水天两苍茫。
波心揉碎月，相思在异乡。
双眸含泪光，念君愁心房。
相逢何渺渺，叹息道忧伤。

此诗献给天涯之隔的恋人。

我愿

我愿
是柔情似水的月亮姑娘
轻轻飞落在你的窗旁
将书斋染成一片银霜

我愿
是你屋檐上的百灵鸟
以婉转清亮的歌喉
将你诗中的月光吟唱

我愿
是你院中那株紫丁香
前世痴恋，今绽芬芳
漫过篱亭，萦绕你身旁

我愿
是你梦中最美的遐想
化作青鸟展开翅膀
与你穿越云海和星光

我愿
是绽放在你心中的圣莲
用温柔馥郁的力量
将你的世界盛满暖阳

我愿
是你指尖轻柔的月光
拭去眉间点点惆怅
护你岁岁安然，不诉离殇

湖岸寄思

碧草盈川，水天渺漫
佳人孑立，湖堤凝盼
秋风飒至，寒侵心畔
凝眸远睇，望断霄汉

愿化大雁，飞过千山
忽闻风啸，暗云遮眼
怎奈世路，荆棘阻拦
心底徒留，怅惘忧烦

欲归故园，了却夙愿
与君重逢，河岸之畔
雾锁归途，旧梦难现
忧惧缠魂，情似冰寒

晓雾氤氲，杏叶微颤
情思悠悠，飘向云端
鸦啼凄厉，心碎如残
泪湿罗衫，盼归春澜

此诗献给爱陷入迷茫中的人。

情深深意浓浓

晨雾漫过窗前，
揉开惺忪睡眼，
恍惚间，
看见那熟悉的笑颜。

日光悄然消散，
夜幕温柔铺展，
枕着他的名字，
坠入思的深潭。

忙碌时偷得清闲，
指尖在网络间流连，
心底最盼的，
是他暖心的只字片言。

漫步在温柔海边，
细沙热恋着脚尖，
幻想彼岸的他，
在诗海书写浪漫。

行走于绿水青山，
枫叶红透了山峦，
微风掠过耳畔，
似传来他声声呢喃。

若不是情根深种，
怎会在每个晨昏与瞬间，
任牵挂织成网，
将愁绪悄然填满心间。

痴情的蓝蝴蝶

试图挣脱你的世界
翅膀却被眷恋黏结
原来她本就是
一只痴情的蓝蝴蝶
为了最初的誓约
竟倾付流年守那残缺

秋叶凋零，勾勒萧瑟时节
冬梅横斜，漫染冷香清绝
夏蛙啼鸣，惊破三更残夜
春柳纷飞，缠绕相思千结
为你痴狂，陷入执念不歇
为你疲惫，尝遍爱里风雪
为你忧愁，眉峰聚满阴霾
为你伤悲，心海翻涌呜咽

为你浅笑，眼底藏着羞怯
为你沉醉，迷失温柔边界
最终，只落下伤心的眼泪

年光逝水几轮回
雁归又见柳丝垂
叹，这痴情的蓝蝴蝶
仍在幻梦沉醉
镜花水月缥缈易碎
却依然执着追随

海滩上的画

海平线处，天际相连
一座孤岛静卧在蔚蓝边缘
你抱着画板
在金色沙滩缓缓流连
抬眼望去
丹崖与白云缠绵

若画笔能染透天地
愿将泪滴化作墨点
让思念的潮水
漫过千里，涌向他的心岸

成群海鸥在头顶盘旋
自在舒展，不知忧烦
多盼它们施下魔法
让日夜思念的身影突然出现
到那时，心花怒放，舞步翩跹
他温柔的目光、熟悉的笑脸
定会让泪水模糊视线

海风轻拂，你徘徊在海岸
紫色裙裾随风翻卷
发丝飞扬，思绪凌乱
对着海上明月，诉说无尽思念
空气里尽是相思的愁怨

大海啊，能否做一次信使
让漂流瓶载着爱的期盼
捎去有北飞雁的画笺
飘至他的身边

只愿他能知画中言
哪怕此生难再相见
只要心意紧紧相连
也不负这岁岁年年

在这座孤寂的海滩
丹崖与月光静静相伴
潮声低语，眷恋不散

思念像海，永无边岸

勿忘曲

皓月悄悬穹苍
清辉漫洒银霜
远天云影渺茫
近地花露凝香

思念翻涌如浪
心舟逐波摇荡
勿忘，勿忘
万水千山勿忘

桉叶翩舞风巷
湖水轻歌月廊
笺寄离思千行
心事凝成秋霜

最忆美好时光
天涯此念难忘
深藏，深藏
余生岁岁珍藏

情系星月云水

银月如镰
裁开夜的绸缎
踽踽穿行在星河之间

云山翻涌似浪
朦胧的轮廓忽隐忽现
时而坠入墨色深渊
时而浮现在云纱边缘

我仰首凝望浩瀚星汉
试图捕捉最亮的光点
恰似你眼眸中闪烁的温暖

挚友啊
思念在心底悄然蔓延
多想谱一首勿忘的曲调
让情谊在诗行里永恒流转

桉叶在晚风里私语呢喃
碧湖荡开细碎的月光银片
一行雁阵划破长天
渐次飞向遥远的天边

我静立在古朴的独木桥畔

凝望那方微亮的地平线
那里是你栖居的故园

挚友啊
思念如潮水漫过堤岸
愿将这份炽热的眷恋
托付给东逝的碧水
只要它奔涌不息
我的牵挂便岁岁年年

思念

思念似暗生的蛛丝
缠绕每寸时光
明知山高水长，归途茫茫
仍将心魂层层捆绑
甘愿困在眷恋的网中央

思念是雾中的海市
摇曳虚幻的光
明知触摸不到，终成虚妄
却在朦胧里固执守望
不肯移开寻觅的目光

思念如云中的蜃楼
浮沉着旧梦微光
明知终会消散，化作沧桑
仍在心里反复追忆
沉溺于温柔过往

愿思念凝成绮卷
封存岁岁芬芳
若有来世机缘
与你再赴人间，续写篇章

谨以此诗献给每一位在思念中守望的人。

痴情

当你的双眸闪烁灼光
红晕悄然漫上我的脸庞
沉醉你文字的馥郁墨香
笑意轻绽似春花绽放

愿与你漫步月色海滩
琴音袅袅歌声婉转相伴
你向沧海挥就诗意万千
我在沙岸勾勒浪花翩跹

愿与你共历风雨兼程

你如巨伞为我抵御寒冬
冰雪雷电皆被温柔消融
我在梦幻里无忧且从容

你是扎根我心的参天大树
我如藤蔓缠绕你的心骨
将心事织成细密的纹路
随光阴蔓延永不落幕

你是永不褪色的绝美诗行
陪我踏遍四季雨雪风霜
无需言语灵魂早已相傍
用余生续写这痴情的篇章

此诗，敬献给相伴一生的恋人。

不问归期只问深情

像风掠过荒原，不问归程
我奔赴你，只为一场心动
愿化星子照亮你的夜空
却不做枷锁，锁住你的自由行踪

哪怕是暗夜独舞的单恋
你的笑容也能点亮我的春天
字句间藏着的温柔碎片
早已在心底，堆成永恒的恋念

若你不爱，也无需抱歉
这份情权当岁月赠予的诗篇
在茫茫人海短暂交汇的弧线
权当作红尘中，最美的遇见

若你也怀揣同样的火焰
能否抛开世俗纷扰的界限
跨越山海，走向我的身边
执手相伴，续写岁月的缱绻

倘若爱被现实隔断两岸
我会悄然收起所有的痴缠
在时光深处默默祝愿
愿你前路，皆是温暖与安然

此诗献给处在恋爱中不同境遇的人。

月照相思悲无穷期

皎月凌空，繁星闪烁，

树影摇曳婆娑。
劲风吹叶，栖鸟瞬飞过。
庭院幽幽小径，
花锦簇，枫艳灼灼。
香飘溢，草蓁葱郁，
独步空叹离歌。

情寄微网络，寻寻觅觅，
心绪乱如缠梭。
长夜无眠，梦也支离残破，
满心愁苦，能向谁人说？

思念如潮，泪如雨落，
叹叹叹，岁月空蹉跎。
晨曦微露，寒鸦啼叫，
何日爱停泊？

此诗描述痴情的女子，思念远方的爱人却得不到信息，那种忐忑不安，失落悲怨的心情。

苦恋

秋风扫落千枝残
碎红簌簌满庭寒
银钩斜挂沉云外
风拂素颜瘦影单

曾坠红尘春梦暖
繁华散作指间烟
醉酒独对孤灯暗
梅曲凄凄夜未阑

唱尽情思肠欲断
空杯斟泪有谁怜
一场苦恋心中缠
了断此缘于何年

此诗献给失恋中痛苦挣扎的女子。

痴

化作风吹向你
诉情长倾心事
化作雨飘向你
泪零落湿罗衣

化作霞走向你
披绮裳展芳姿

化作蝶飞向你
舞翩跹绕君栖

化作水流向你
情千缕漾涟漪
化作诗写尽你
墨痕间藏相思

爱似梦终成空
恋如渊陷无穷
歌一阕痴意浓
梦中人叹孤鸿

此诗献给跌入爱渊，又无法预知未来的痴情女子。

痴恋

绵绵情意绕心头，悠悠思绪几时休。
痴痴爱恋难言说，萦萦相思锁眼眸。
情至深时喉欲哽，爱极浓处泪空流。

朝升旭日暮垂钩，几度春秋逝水悠。
望断天涯无雁信，一声长叹意难收。
一日不见恍隔世，万缕情丝绕指柔。

此诗献给陷入痴恋中的女子。

问

若真有前世轮回的奇迹，
你们是否曾化身为梁祝？
在古老的故事里，
痴恋却难成连理，
只留一双蝶影，
在花丛间诉说千古悲曲。

命运的丝线，
是否又在今世重复轨迹？
相遇相知，却难相守相依。
问那掠过天际的北归雁，
你们之间横亘的屏障，
会否织就更断肠的结局？

这般思绪，
总让人失魂落魄，
心似坠入无尽的幽渊，
黑暗笼罩，迷茫无措，
痛苦如潮水将人淹没，
难道相爱的人，
终要被命运捉弄？

此诗献给红尘陌上相爱却无法牵手的恋人。

人无来生缘

今生有缘红尘相逢，
却各自困守一座城。
纵使心中千般念，
难破现实这重门。

如果来生能够相逢，
可否在最美丽时辰，
遇见最对的一个人。
携子之手共渡余生？

这只是最美好的梦，
天真烂漫痴幻的问。
人归西天已无灵魂，
哪能转世获得来生？

此诗献给那些在人生漫长道路上，遇到了此生最对的一个人，却不在最美丽的时候，只能寄托于来生的那种幻想的人。

“饮鸩止渴”的爱

爱如鸩酒
世人皆知不可触碰
可那白鹤啊，振翅掠过千山万壑
眼里燃着炽热的火
将剧毒一饮而尽

喉间剧痛，方知无路可退
悲鸣声声，震颤寒波
湖畔柳丝依旧轻拂
星河却不再为她停留
她带着满身伤痕与悲怨
告别这场宿命的邂逅

注：白鹤隐喻痴情的女子。

念时见影

题记：

以思念为引，跨越时空万象，于幻梦与现实间，编织爱的绮景。

当你在幽夜将我念起
我便是星河中那簇最亮的光

穿透茫茫穹宇，传递绵长爱意

当你思念漫过心堤的瞬息
我化作仙子
自广寒踏月翩翩而来
奔赴这场天地间的邀约

当你想念在风中游弋
我幻作温柔的风
缱绻缠绕着你
诉说相思情意
哪怕刹那，亦抵过万千朝夕

当你想念凝成叹息
我便化作绵绵细雨
轻轻落在你肩上
将相思的言语倾诉

当你眷恋在心底堆积
我化身绚烂晚霞披绮
晕染你爱的竹林梅溪
盼你抬眸，目光与我相遇时生喜

当夜色吞没你的思念
我潜入你的梦境栖息
泪与笑交织成诗
藏尽世间无法言说的悲喜

在你念我的岁岁朝暮里
四季流转不停息
愿以余生为约，情丝永系
共赴天涯，比翼于天地

此诗献给思念中的恋人。

予你

题记：

于梦幻云月间，寄情碧海草原等，以深情为笔，书写眷恋长歌。

若我为云
悠悠悬于你的晴空
用绮霞作线，细细勾勒
将梦的形状，缀满你的苍穹

若我成月
静静隐入你的星河
倾洒温柔银缕
邀你共赴，夜的幽梦之约

若我化帆
缓缓驶向你的碧海
任凭波涛翻涌
随浪踏歌，乘风向你奔来

若我是马
自在驰骋你的草原
循着悠扬笛声扬鞭
看格桑花开，醉染心间

若我为冰
决然投身你的烈火
化作潺潺柔水
在阳光下，漾开爱的情波

若我成了断线风筝
祈愿你是那无垠碧空
别将我舍弃，永远把我包容
没了你，世界只剩寒冬
每缕思念，都化作心痛

念你心曲

念你的情愫似春溪轻漾
漫过心房时
惊起涟漪深处的霞影
在心湖掀起粼粼波光
绯红便爬上了脸庞

念你的思绪如夏雨滂沱
敲打着心窗
泪滴与雨线交织成网
素笺上墨痕晕染成伤

念你的渴望若秋雁南翔
穿透层云与雾障
跨越千里，只为在暮色里
与你同披一脉斜阳

念你的眷恋像冬雪纷扬
落满掌心时化作暖意流淌
共踩琼瑶寻梅影
同酿诗韵入清章
让爱意在时光里生长

念你是四季轮回的诗行
春波藏着羞怯夏雨裹着怅惘
秋雁衔来期盼冬雪凝住痴狂
苦甜交织的网
缱绻与思念永在心上

谨以此诗献给每一个在思念

中沉浮，却依然相信爱能跨越山海的人。愿所有未说出口的眷恋，都能化作重逢时的温柔相拥。

愿是你落日的霞红

题记：

当暮色漫过天际，每一缕霞光都成了最美丽的时光。但愿相爱的人都能化作那抹最炽热的红，在彼此回眸的刹那，诉说跨越心海的眷恋。

我愿化作落日霞红
把心底眷恋织进云穹
群山浸绯，层林燃火
归鸦在暮色中匆匆飞过

你凝望天边时
可触到我发烫的思念？
那晕染云絮的绯色
可有我的万千情牵

晚风弹起我的心弦
愿化相思入云间
将赤浪裁成相思信笺
每道翻涌的红潮
都写满未寄的眷恋

你看漫天霞云深处
四朵并蒂朱顶红正舞
最明丽那朵的光晕里
藏着我灼灼不灭的情语

我见你立在晚风里
暮色勾勒着你的身影
你眸含相思的眼泪
成了我永恒守望的诗行

当你的背影渐远
我默默许下心愿
愿你岁岁安然无忧
而我永做天边，那抹温柔霞红

昙花一现终成空

题记：

仓央嘉措曾叹：“第一最好不相见，如此便可不相恋。第二最好不相知，如此便可不相思……第五最好不相爱，如此便可不相弃……”红尘之中，偏让不该相遇的人邂逅，于是有人为情痴狂、有人为爱赴险，有人用余生镌刻遗憾。那些炽热的情，终究如昙花一现，徒留虚空，令人怅然。

不能言，不可谈
千般滋味心中缠
问苍天，问月老
相思无尽盼何年

念也难，忘也难
心慌意乱难成眠
缘也短，聚也短
相伴时日太短暂

独自弹，轻声叹
泪水滑落忆旧欢
人消瘦，朱颜残
昙花一现尽皆幻

待卿长发折腰

题记：

青丝染尽人间雪，白首犹存岁月情。漫长岁月里，守一份初心，许一世深情。

待卿长发折腰，君可初心未改？
霜雪偷藏鬓间，风华消逝难再。
待卿长发折腰，君可深情仍在？
银丝漫染流年，细纹轻刻眉腮。
待卿长发折腰，君可暖语盈怀？
星下倾谈昔事，笑言尘世喜哀。
待卿长发折腰，君可相思不改？
哪怕步履蹒跚，携手笑看云开。

长发折腰：年老了，一头长发脱落，不再及腰。

守望

题记：

岁月流转，晨昏交替，以守望为笔，在光阴的信笺上，写满只属于彼此的诗行。

晨曦漫洒无垠沧海
朝霞为波浪缀上虹彩
孤鸥划破云霭远去
思念在心底悄然澎湃

暮色晕染百合园

残阳斜照幽静庭院
双蝶绕着花枝缱绻
思绪随晚风飘向天边

夜幕垂落蜿蜒湖岸
月波揉碎千重银练
寒星点点缀满穹寰
你守着亘古不移的执念
等一场跨越岁月的相见

愿

题记:

时光无涯，人海苍茫。愿每段相遇都有红线相牵，每份誓言都如清泉澄澈，每曲爱恋都能绕梁千年。谨以此诗，献给所有相信爱、追寻爱的灵魂，愿我们都能在岁月里，拾得属于自己的温柔与浪漫。

愿
一缕无形红丝线
织就尘世的缘
拨动两颗悸动的心弦
在茫茫人潮中缱绻
如磁石般相吸相牵

愿
无需缠绵痴恋
只守纯真誓言
似一泓清冽甘泉
漫过岁月的流年
润泽相惜的尘缘

愿
黑白琴键轻弹
将心底情思缱绻
化作魔性韵律、绕梁和弦
于月下奏响亘古情缘

愿
编就玲珑花篮
盛放紫梅褶裙轻展
引来黄蝶落蕊翩跹
蝶似你眸中柔光流转
梅若她腮颊冷香幽漫
共将深情酿成岁月的斑斓

月亮泪

题记:

当月光坠入深海，碎成千万道涟漪，恰似被现实割裂的恋人：相望不相即，相思亦相离。

暮色漫过苍茫
银月刺破穹苍
将幽冷的思念
倾洒在粼粼碧波之上

浪涌揉碎清光
涟漪漾开离殇
天上月与水中影
隔着波澜两两凝望

凄婉歌声飘过海岸
在暮色里缠绵回荡
穿透深海的月光
吻向那触不到的倒影中央

相思凝成晶莹珠泪
化作浪花朵朵飘荡
诉不尽的柔情绵长
道不完的愁绪千行

温柔的月光
泪滴伴月静静绽放
这人间的情伤
是否都酿成了
你眸中的霜……

天边有诗和远方

题记：

山海可远，爱意无界；风雨同舟，共赴远方。致每一对心有灵犀、携手同行的有情人。

遥望天边深邃夜空
有对明亮双星在闪
那是我梦中的眼睛
我要乘坐月亮小船
沿着银河追寻你的轨迹点点

穿过星光铺就的长卷
拨开云雾缭绕的迷幻
求索你心中的天堂
追随你坚韧的翅膀
探寻你活跃的思想
追逐你美好的愿望
寻觅你走过的地方

星光坠入荷塘水面
天边池塘清澈如霜
菡萏玉立碧水中央

愿化荷花清雅流芳
月下轻摇皱褶裙裳
你吹竹笛婉转悠扬
人花成双共沐月芒
共绘人间旖旎风光

在广袤大地之上
有棵傲立苍树轩昂
那是我们共同的形象
根脉相缠枝叶相傍
编织梦想，让枝桠疯长
同赏岁月温柔模样

比翼扶摇碧落之上
穿云破雾矢志不忘
同舟共济沧海逐浪
看浪花翻涌成诗行
风雨相携情路恒长
执手共赴那诗和远方

爱有天意

题记：

于千万人中相遇，于时光长河里相爱。即便命运将彼此分开，心底的誓言依然会在岁月转角处，静待重逢的花开。

你从人潮深处
携着星光向她走来
一次擦肩的风轻云淡
原是月老系好的红绳早有安排

命运让两颗心在红尘悄然相牵
悸动藏于眼底，情愫暗涌心间
爱意如星火燎原
却又裹着月光般的腼腆
生怕炽热的告白
惊散小心翼翼守护的眷恋

直到某个黄昏，晚霞染红天边
“爱”字终于冲破唇齿的防线
汹涌的情意漫过心岸
花与蝶的浪漫，在岁月画卷舒展
酸甜与苦辣交织成诗行
诉说爱的神圣不容轻慢

然而骤雨倾盆，暗礁横亘眼前
现实的浪涛打散相依的船帆
从此山海相隔，独守长夜漫漫
但那份情早已扎根心田

若爱是天意写下的诗篇
盼在岁月转角处重拾温柔
续写未完的缘

太阳情月亮泪

题记：

有些深情，注定隔着山海相望；有些光芒，因彼此而永恒闪耀。

你是炽烈的太阳
我是清冷的月亮
你倾泻滚烫的金芒
我流淌温柔的银光
我们共悬浩渺穹苍
却像两条永不相交的天河
只能隔着云海，遥遥凝望

当你隐入云层，残光微亮
我已爬上东边山冈
思念凝成泪，模糊面庞
透过天边破碎的光晕
将你深情凝望
我们的轨迹永不相交
注定只能这般遥望

你在最后的落日时光
用最后的光晕
破译我泪光里的悲凉
次日，我还未沉入西海
你已升起于东方浩洋
笑容璀璨，金芒万丈
冲破云层，穿透雾霭
深情凝视我所在的方向

年复一年，时光流淌
我因你披上素纱霓裳
舞出最柔美的月光
你为我坚守星河之上
将永恒的炽热
刻进宇宙的苍茫

正因这份跨越光年的守望
才有日月同辉的景象
只要世间的爱地久天长
炽热的太阳与温柔的月亮
便会永恒闪耀于宇宙苍茫

永恒之爱

题记：

世界上凡是有生命的万物皆有

情，人有情、动物有情、花木也有情。有一天好友发过来一张照片，我望着照片中一棵枯老的树上，绽放着娇艳的梅花，浮想联翩……

你是沧桑的枯木
我是柔美的寒梅
宿命将我们系于尘土
你倾尽生命所有
将我悉心守护

无论春去秋来
还是暑往寒驻
纵使轮回千百次
我们始终相依相偎
永不言弃彼此

忆往昔
你风华正茂
枝繁叶茂身姿挺拔
我依偎在你身旁
岁岁绽放绚丽
散发清幽芬芳

我在风中轻舞
诉说着对你的深情
你于雨里盘根汲露
化琼浆润我心房
助我梅开三度绽放华光

如今你虬枝斑驳
我却依旧娇艳明丽
望着你盛满眷恋的目光
我披雪低吟浅泣
你那难舍的模样
令我心碎泪如雨滴

我愿与你生死相随
共守这片梅花林
我盼与你此生相伴
不留相思离别之痛
让永恒之爱永不消逝

此诗献给“执子之手与子偕老”，风雨同舟，至死不渝的爱人！

杨柳青年画引幻梦

清风缱绻掠眉梢，
画里仙姿欲破绡。

霞彩纷扬添雅韵，
丹青妙笔化春潮。

云鬓斜簪白玉条，
桃腮杏靥映霞娇。
朱唇轻启含情笑，
玉指纤柔抚玉箫。

广袖翩跹舞绛绡，
柳腰轻摆步妖娆。
曲终暂歇移纤手，
银针走线织霞绡。

绣罢凭栏观碧水，
鸳鸯戏水浪中漂。
忽闻厨下香盈户，
霭霭炊烟天际绕。

珍馐美馔玉盘巧，
玉液盈杯映靥红。
情浓意醉相凝望，
眸底深情胜浪潮。

携手乘鸾上九玄，
欢声笑语破层霄。
情牵意合双栖乐，
梦醒空余月影遥。

月圆空守

题记：

星河辗转，人间聚散，总有些缘分如隔岸灯火，看得见璀璨，却触不到温度。多少情深，困于时光渡口；多少执念，化作月下长歌。

菩提树下，守候千年寒秋
胡杨林中，镌刻万载情愁
轮回几度，瘦了相思眉头
独盼重逢，共解岁月怅忧

茫茫尘世，与你邂逅回眸
缘浅情深，错过最美时候
情丝深种，心底执念难收
相思成疾，苦意缠绕心头

月圆之夜，独倚高楼凝眸
天涯望断，只见云水空流
重山阻隔，遮断望君眼眸
相思泪落，洇湿枕边绢绸

星移斗转，时光匆匆如流

最亮星辰，照亮思念眼眸
纵使沧海，隔断万里行舟
此心如磐，永守故园芳丘

月夜

寒蛩低吟的秋夜
踩着落叶，在庭院徘徊
仰头望向天际
星河如碎钻，密嵌墨色绸缎间

心海翻涌千言，化作无声呢喃
隔着山海的你啊
此刻是否也在月下徜徉
将思念，织成同一片月光？

晚风揉乱青丝，散落幽幽兰香
薄雾悄然漫上肩头
沾湿素衣的，不知是雾气还是心事

银月于天穹，倾泻清辉
单薄罗衫裹不住寒意
却依然守着廊下的灯影
任思念，一寸寸爬上眉弯

末了，轻问天边月老
何时才能穿过相思的银河
与你执手，将泪酿成美酒

谨以此诗献给所有在相思中守望的有情人，愿跨越山海的深情，终能化作执手相伴的圆满。

月圆

今夜
并非正月十五
月亮却圆成一枚银镯
悬在黛色的夜幕
倾泻千里光华
似是谁打翻了月光的琼浆

莫不是月老
醉饮了桂花酒
抖落袖中红丝线
将星辰串成珠帘
急着掀开
有情人相望的帷幕
让思念
乘着月光的翅膀
奔赴一场

跨越山海的团圆

圆月却无月亮

夜色如墨，晕染苍凉
十五夜，天空失了月亮
只剩云翳，层层叠叠，封住光

你向南漂泊，心向北遥望
盼一场相逢，却似雾里寻光
遥遥无期，只剩念想

欲托月老系红妆，却见流云掩星芒
愁绪如藤，缠绕心房
独倚轩窗空怅惘
夜色愈深，思念愈发漫长

谨以此诗献给所有在爱里守望的灵魂，愿每一份等待都能穿透迷雾，遇见属于自己的光。

寂寞花开在圆月

寂夜幽花暗自开，风前独舞曳清姿。
冰轮空照离人苦，对影伤怀泪染衣。
仰看霜蟾星河冷，俯见寒枝鹊鸟栖。
愁绪千般归绣户，一帘幽梦叹相思。

谨以此诗献给每一个在孤独中坚守浪漫的灵魂，愿漫漫长夜里悄然绽放的情思，终能等到温柔回应。

未知之问

当银盘悬于穹顶
思念在天涯两端疯长
我们反复叩问时光
回声消散在风里，徒留怅惘
下一次相逢的坐标，是否藏在
某片未抵达的云，或褪色的旧时光

当星河流转浩苍
我们各自跋涉人潮苍茫
谁也猜不透
哪颗星辰会先坠入永夜
哪场骤风，会吹散
相牵的远方

谨以此诗献给所有在未知里

执着守候的有情人，愿跨越时空的迷茫，终成双向奔赴的序章。

缘

在人间，有一种缘
仿若两颗无名星辰
邂逅浩瀚银河之间
发现彼此独特闪光点
相互仰慕，相互吸引

那是一颗孤傲的灵魂
于缥缈苍茫的人海里
遇见另一颗高贵的灵魂
从心底缓缓升腾而起
人间最美的一道彩虹

两颗灵魂，于时空相撞
彼此鼓励，彼此慰藉
相互吸引，相互欣赏
绚烂烟火，在心中绽放

没有风花雪月的缠绵
也无卿卿我我的爱恋
却存管鲍之交般情谊
亦有始终如一的信念

情似大海般深沉
爱若高山般厚重
每一个精妙的文字
皆能读懂其中深意

这种缘让两人相聚
携手踏上漫漫人生路
任凭风吹雨打、电闪雷鸣
依然永远相守，不离不弃

红豆

在朦胧酣梦中，望见
一树红豆如绯色雪霰
簌簌飘落在雕花窗前
颗颗坠地化作灵秀神笔
将缱绻爱意晕染成同心圆

乘风腾云，直赴南国
在婆娑的红豆树下徘徊采撷
每一粒都凝着相思的重量
捧于掌心时，清泪已洇湿衣袂

忽然惊觉，指尖只剩虚无

揉开惺忪睡眼——
窗外杏枝正随风轻颤
画眉鸟啼声婉转
原来，这一场旖旎幽梦
终究是相思无果，徒留怅然

谨以此诗献给那些藏在心底、未能言说的思念，以及岁月中所有无疾而终的情愫。

独坐观情鸟

穹宇云舒卷，双莺入碧霄
栖枝交颈语，绵音绕枝梢
振翅迎风舞，凝眸互望瞧
骤雨忽临至，并翼躲檐坳
檐下相依久，清啼韵未凋
尘世多离散，几人共岁朝？

问相思

乌云蔽日苍穹暗，风卷雷鸣裂空闪。
枝摇碎叶纷扬散，群鸟惊飞隐檐畔。
独坐窗前凝目远，纤手托腮意怅然。
千回百转情何寄，蚀骨相思为哪缘？

谨以此诗献给那些在时光深处，被思念反复叩问却始终寻不到答案的灵魂，愿所有未诉衷肠，终能得偿所愿。

情在圆月下流淌

漫步于异国绚烂的芳土
繁花绕枝，碧海环途
四季织就斑斓锦幕
却掩不住心湖暗涌迷雾

琥珀琼浆入喉化作愁
醉意蒙眬，孤独漫过心舟
当午夜银辉铺洒树头
仰头凝望那轮月球

恍惚间，似见嫦娥舞广袖
在清冷月宫独诉离忧
玉兔捣药声碎作星斗
吴刚捧起桂花酿成霜酒

若这霜酒能倾洒人间万岫
浸润每颗漂泊的心舟
能否让离散之人共入一帘幽梦

暂忘相思蚀骨的离愁

可这终究是南柯般的守候
月光依旧澄澈如旧
悬在遥不可及的琼楼
清辉缕缕，伴着思绪悠悠

伤心的银色小船

题记：

银色的船，载不动岁月的重量，也载不动，一个永远到不了的远方。

一艘银色小船
宛如一弯孤悬的冷月
在幽邃夜幕独自游弋
星辉悄然隐匿
它似迷途的孤舟
在茫茫虚空中
迷失方向，缓缓飘移
孤独与哀愁如蛛网缠绕船舷

多么希望一艘金色小船
自星河尽头踏着粼粼波光
如披着霞光的仙子悠悠驶来
周身流转着柔和光晕
怀拥缱绻深情
一同驶向梦的港湾

然而承诺，似雾中朦胧花影
一触即散
期盼，如水中摇曳碎月
难以捞起
希望，成镜里虚幻倒影
无从触碰
这般遥不可及，缥缈如梦
只能叹着无奈
继续无助地漂泊在云河之上

伤心的银色小船
无畏狂风骤雨的肆虐
却敌不过岁月这把无情刻刀
抵不住情丝织就的密网
或许待到两船重逢之时
早已残破，坠入深潭
破碎的不只是船，还有永恒漂浮的远方

注：诗中将银色小船与金色小船隐喻为人在情感世界中的自我与期待，漂泊与重逢的过程，恰似

感情的追寻、碰撞与遗憾，希望借此意象传递出情感世界的复杂与无奈。

天涯何时相聚欢

苑墙外，幽径边
金叶翩跹乱心弦
西风呜咽愁千叠
残月悬窗，何时能圆

碧湖畔，芳丛间
波光粼粼接远天
若得君乘彩云至
共揽星河，醉倚阑干

鸟飞翔，啼婉转
遥山如黛水云寒
素笺写尽离情字
相思成丝，缠绕指尖

泣朱顶红

朱顶凝香逸韵飞，红绡舞袂沐斜晖。
孤芳独绽藏幽念，只待君来共倚扉。
前缘五百年间累，此世化作绮花归。
灼灼开尽相思意，冷月空阶映影垂。

情寄芳魂人未晓，残英委地泪频挥。
轮回若断无寻处，泣向春风怨久违。

此诗以朱顶红为自喻，献给那些执着痴恋却求而不得的人。

问情缘

一个是碧玉娇柔，一个是才俊风流。
若言今世无缘分，怎会相逢入眼眸。
若道此生情早定，怎奈千山阻远舟。

那边花飞惹心忧，这里珠泪湿绣绸。
燕雀尚能翔广宇，佳人偏困锁情楼。
情缘恰似平行线，终成镜花梦难留。

谨以此诗献给有缘相遇却无奈被现实阻隔的恋人，他们郎才女貌、情根深种，却因重重阻碍无法相守，只能暗自神伤，空留遗憾。

梅花说

题记：

借梅花的言语，诉说爱的坚韧与永恒。只要心怀深情，便能共唱一首地久天长之歌。

梅花对我说，
爱是一座山
春夏秋冬岁月长
在我生命里流淌

看鸟，向远方
听海，浪涛响
风来，莺声扬
雪去，梅留香

只要心中有情
何惧道路漫长
只要爱意永在
共唱地久天长

你曾来过她的世界

你曾来过她的世界
仿若双生星辰悬于穹天
在幽蓝夜幕温柔相遇
流转着惊鸿一瞥的倾慕
却在引力拉扯下各自坠入孤寂深渊

你曾来过她的世界
宛如春溪邂逅青石千年
那惊鸿一触的相逢
漾开层层潋滟的梦痕
涟漪散尽空留石面斑驳的思念

你曾来过她的世界
恰似林间双栖的青鸟
在红豆缀满的枝桠私语呢喃
骤雨撕碎了缠绵的絮语
振翅逃离时抖落满地未寄的信笺

你曾来过她的世界
恍若韦陀与昙花的宿命轮回
一个在晨钟暮鼓中修行
一个在月下绽放刹那芳华
香消时仍不见那迟来的一眼

你曾来过她的世界
仿若月老系错的红绳
穿越千万人潮的擦肩
让两颗心在红尘短暂相牵

当红线寸断唯剩风中飘零的誓言

思

仰首问遥穹，低眉愁万重。
风催离叶舞，月送逝水匆。
相思凝墨冷，字重意难穷。
枝上双莺语，倏忽没岚丛。

谢谢你来这个世界

谢谢你来这个世界
原是一泓静水沉眠
你指尖轻触的刹那
碎玉般月光铺满天

谢谢你来这个世界
仿若空谷独绽幽兰
你携春风漫过山峦
馥郁芬芳染透人间

谢谢你来这个世界
恰似素绢舒展云间
你挥彩笔泼洒星汉
绘就山河瑰丽万千

谢谢你来这个世界
本是孤月独映寒潭
你投入璀璨的笑靥
化作爱河奔涌向前

月语心愿

题记：

当秋雨浸湿月光，所有未说出口的心事，都成了月亮听懂的秘密。

秋雨簌簌落天际，
似你无声在啜泣。
佯装洒脱言随意，
思念如茧缚心际，
情丝缠绕难抽离。

心绞如裂难呼吸，
溺于爱海失归期。
困于情渊难破局，
寻寻觅觅盼踪迹，
残影渐远没云翳，
徒留怅惘空叹息！

月光碎影透枝隙，
洒落寒辉映悲戚。

倚窗凝望星河际，
泪眼婆娑忆往昔。
对月虔诚寄心意：
盼君知我情不移！

浪花飞

题记：

风起，浪涌，每一朵飞溅的浪花里，都藏着未说出口的思念与永不凋零的爱恋。

浪花飘，卷起思念万千
浪花飞，扬起情深一片
浪花翻涌舞海面
多少誓言，多少痴念
悄悄记心间
盼这爱意永不变
浪花翩翩飞满天

浪花飘，勾起回忆无限
浪花飞，舞动情意绵绵
往事虽已成云烟
多少甜蜜，多少温暖
哪怕相隔万水千山
愿用真心守你岁岁年年
浪花朵朵飞满天

友谊穿越时空

你在北，我在南
路途迢迢山水远
一座心灵之桥架云端
紧紧相连你我情感

你在天涯，我在海角
相隔万水与千山
一艘友谊小船扬起帆
稳稳相牵两颗心间

多想化作一只飞燕
穿越茫茫云海山巅
与你相伴，共度流年
月下花间细语绵绵

也愿成为一朵水莲
守在你必经的荷畔
摇曳花瓣，吐露芬芳
让幽香飘在你的身边

海内存知己
纵然相隔千万里

思念如星，常亮心底
友谊之花永远绚丽

天涯若比邻
无论风雨或晴霁
牵挂似藤，缠绕四季
情谊之树常青永不移

你在那里

你不在这里，
你在那里。
在飘拂云朵里，
在绚烂晚霞里。

在闪烁星河里，
在温柔月光里。
在巍峨山峰里，
在苍翠树林里。

在翻涌柔波里，
在温暖航灯里。
在绵长诗行里，
在我心底眷恋里。

愿

两颗璀璨星辰
在银河静静游弋
永不相撞
却遥遥倾慕相望

两艘精美的航船
在海面悠悠前行
永不交汇
却拥有同一片海天

两朵洁白雪莲
在山巅默默绽放
永不依偎
却散发一样的芬芳

愿知音之间
如星辰、航船与雪莲
虽隔天涯
思念却绵延至永远

辰歌赠故知

今天是你的生日，我的朋友
清晨，当你推开窗棂

若看见黄莺扑闪着金色翅膀
在枝头欢啼不停
那是我的歌声藏在鸟鸣里
美音轻轻飞入你的耳畔
祝你生日快乐，我的朋友
愿你岁岁欢愉，无忧无愁

今天是你的生日，我的朋友
夕暮，你漫步河畔
若听见芦苇被风吹得沙沙响
那是我在清风里为你歌唱
歌声慢慢飘向你的耳旁
祝你生日快乐，我的朋友
愿你此生幸福，岁月安康

今天是你的生日，我的朋友
夜幕降临时，烛火点亮
我的笑容藏进跳动的光焰摇晃
再让温柔的暖风捎去念想
祝你生日快乐，我的朋友
愿你我的情谊，地久天长

飞向远方

透过车窗
仰望穹苍
碧空如浩瀚海洋
蓝、灰、白云在飘荡
慢慢融汇成似中国地图的模样
时而清晰时而渺茫
这偶然的天象
令我想起地球北端的远方

此刻，亲爱的朋友
你是否正穿过斑驳的城墙
漫步于叠翠的山冈
在碧澄小溪旁
凝望绮霞舞霓裳
让灵感在观云听风中生长

一根无形的丝线
跨越经纬与重洋
两颗同频跳动的心
在丝线的两头轻轻吟唱

我们如遥隔南北的星辰
沿着各自的轨道发光
却在同一片夜空下
闪烁着同样的光亮

纵使山海相隔路漫长
闻不到彼岸花的芬芳

听不见彼岸树的低唱
但我们早已约定——
以声音为羽翼，以热爱为光
朝着诗与远方，并肩翱翔

你似人间四季天

你似天边流霞翩跹
抖落彩绸云间舒展
织就虹霓凝成锦句
我醉入诗行，忘返流连

你如深冬破云的暖阳
倾洒万道金芒
消融冰雪覆盖的苍茫
那缕温热，漫过我的心房

你像初春叶尖的清露
轻吻沉睡的泥土
唤醒百花，翩然起舞
我乘着诗意，欣然奔赴

你犹盛夏骤雨的音符
碎玉跳珠落满路途
清香漫溢来时路
洗净我心蒙尘的雾

你若深秋林梢的风簌
卷着落叶低语倾诉
兴衰荣枯皆是自然之书
教会我从容领悟
在修心路上坚定信步

谨以此诗为礼，赠天下挚友！

心距超越远距

你我相隔如天地浩渺
似南北两极遥相凝望
如巍峨群山各立穹苍
像浩渺孤岛远隔重洋

你我却又近在心上
从晨曦初露到暮色昏黄
思念在心底悄悄绽放
我们怀揣奔赴远方的热望
化作彼此灵魂的璀璨星光

千里的遥迢又何妨
只要心有灵犀的微光
万水千山亦无法阻挡
不必日夜相守身旁

这情谊，在岁月里静静生长

春吟

碧草如茵铺野甸，千红万紫斗春妍。
黄鹂静立青枝上，白蝶旋飞翠叶边。
晓露轻沾香蕊润，柔条漫拂绮光翩。
欲托云际双飞鹭，寄情一阕送君前。

此诗以景衬情、借物传意，献给似诗中人所言的人们。

初冬歌

瀑布垂银飞玉碎，残萍逐水没遥川。
疏枝瘦影沉波寂，素月孤鸥破远天。
雾锁枯荷冬意冷，风摇衰草暮云连。
抚琴一曲弹离绪，望尽遐霄漫卷烟。

此诗以瀑布、残萍、疏枝、孤鸥等萧瑟冬景，勾勒出清冷孤寂的氛围，借抚琴抒离绪，将惆怅之情融入苍茫暮色。献给那些在寒岁中品味离殇、心怀思念的人。

秋悲

秋水粼粼朔气寒，残阳漠漠落红残。
归鸿渐隐云霄外，白鹭双飞向碧峦。
独步怜怜金海地，离愁黯黯涌眉端。
西风卷尽千重叶，何夜相思入梦安？

此诗借秋水、残阳、落叶等凄清秋景，融入归鸿、白鹭的意象对比，道出独步时的离愁别绪。献给在萧瑟秋光里，被相思与孤独萦绕的人。

夜雨晨忧

昨夜风狂雨疾，跳珠飞落难收。
醉倚香衾倦卧，梦逢离客凝眸。
今晨燕栖檐角，软语呢喃不休。
雾遮重幕寂寂，雨丝不断添愁。

此诗以昨夜狂风骤雨、今晨细雨迷雾为背景，结合梦境中的离人、檐角呢喃的春燕，以乐景衬哀情，道出绵绵不绝的相思与忧愁。献给那些在雨雾晨昏中，被思念与牵挂缠绕的人。

秋忧

云浪织青斑，寒水漾漪涟。
西风卷落叶，冷雾漫平川。
残阳沉林外，昏树憩寒鹃。
声咽愁肠断，相思寄远天。

此诗借云浪、寒水、西风落叶、冷雾残阳等萧瑟秋景，辅以寒鹃呜咽之声，渲染孤寂凄凉氛围，倾诉无尽相思。献给在深秋时节，被离愁别绪萦绕、满心思念的人。

望夏鸟引愁思

孤鸦啼叫绿林间，双燕穿飞湖水边。
群雀觅食青草地，凝眸望鸟倚雕栏。
愁绪盈怀迷雾罩，春去夏来又一年。
岁月匆匆催鬓白，一缕幽梦落何端？

此诗以孤鸦、双燕、群雀等夏鸟不同状态，对比烘托出独倚雕栏之人的孤寂，借季节更迭感叹岁月流逝、愁思难消。献给在时光流转中，被孤独与惆怅裹挟的人。

第十八辑　微语三行映心集

陈剑萍　作

秋枫情

绮霞洇染粼粼秋波
枫叶离枝，似蝶逐影旋落
欲拥那抹绵光，徒剩空茫一握

此诗暗喻：美好的爱情遇到现实，往往空一场。犹如枫叶拥水中霞影。

冰心

红叶燃霞映峻岗
紫枫抱影守晴光
不喧绮色作霓裳

此诗暗喻：即使再优秀，也冰心一片。不争不比，愿当配角。

惜别情

秋风卷碎枫红影
雨叩残英泪作声
落木遥程去

此诗暗喻人如落木，化云烟飞逝，再也不归。

花魂

若化人间一朵芳
愿是寒岭凝雪梅
冷香揉碎玉尘藏

解释：若化为人间一朵花，甘愿是寒岭上的雪中梅。芳香与雪融合，藏于天地之间。展现梅坚韧、高洁、永恒的品质。

画枫情

金朱交叠织锦毯
溪映流霞作彩笺
画笔点丹砂，红绡晕绮山

解释：金黄与朱红的枫叶层层叠叠，铺满地面，如同绚丽的锦毯。溪水倒映着绚烂云霞与枫叶，宛如铺开一幅天然的彩色画纸。拿起画笔，蘸取如枫叶般鲜艳的朱砂颜料。笔下的红色颜料晕染开来，绘出山峦被枫叶染红的绮丽模样。

飞鸟情

衔兰划破千山浪
敛羽轻栖明月桑梓廊
花前梦绽，情漫清光

解释：飞鸟口中衔着兰花，奋力穿越万水千山。收起翅膀，轻轻落在洒满月光的故乡回廊之上。在花丛前，心中的梦想悄然绽放。满怀的情思，在清冷的月光中肆意蔓延。飞鸟暗喻漂泊的游子。

共存

银盘悬天倾光
碧溪伏地蜿蜒
苍茫宇宙，共奏岁月回响

一系列的比喻，表达宇宙万物共存的主题。

众鸟一瞬飞

碧枝啼韵正相缠
骤响振翎散作烟
利尽人如飞鸟远

借鸟一瞬飞，暗喻人性在利益面前的现实与多变。揭示了人际关系受利益左右的本质。

仰望星空

风雨弯折前行脊梁
困不住双眸仰望星芒
伤痕为舟，渡向银河彼方

“仰望星空”寓意着心怀梦想与希望。即使人生遭遇风雨挫折，也不放弃心中的追求，依然向着理想彼岸前进。

搏

思维跃动忽凝止
脑内唯留一字悬
“搏”竟比命还可贵？

以“搏”字冲击思维，以反问引发思考，拼搏精神能否超越生命的非凡价值？

两败俱伤

莺啄鸦羽嘶声裂
鸦绞莺喉怒目凸
天雷劈落，同坠烬成灰

暗喻：双方争执，各不相让的人，最终是两败俱伤。

我打碎了夕阳（二首）

其一
碎金洒落清河褶皱里
欲打捞芳华丽影
却看见你眼角的霜纹

借碎阳之景，叹时光易逝，怜故人沧桑。

其二
追逐夕光的尾迹
回忆在脚下裂成残星
若能重启黄昏，该如何拼合往昔

在夕阳金红的碎片里，追逐最后一缕残光，回忆像破碎的星星闪闪烁烁。要是能让黄昏重来一次，又该怎么拼凑起那些消逝的过往呢？留白让人深思。

深秋的诗人（四首）

其一
锦霞与蓝天缱绻共舞
金麦在旷野翻涌成浪
——丰收的喜悦晕染诗行

其二

携画板闯入炽烈红枫林
笔尖饱蘸彩墨挥洒
——诗韵与斑斓织就绮梦长卷

其三
秋风撕碎旧梦散如烟
百味在心底如潮蔓延
——诗行似瀑，冲破情感堤岸

其四
枯叶逐狂风旋舞飘零
仿若窥见生命如败叶
——悲怆，在诗间凝结冰霜

诗

笔尖将万物雕琢作诗行
梦浪击碎韵脚又重酿
你是海中月影，揉碎成粼光

笔尖游走，把世间万物写成诗行，思绪如浪，一次次打碎既定韵脚又重新酝酿。而你就像海中摇曳的月影，看似触手可及，却在我凝望时碎成粼粼波光，美好又虚幻。

禁锢

戴上假面具游戏人间
似鱼困在玻璃宫殿
一方水渊，勒杀自由

暗喻人们在现实生活中戴着虚假的面具生活，看似身处华丽的环境，实则像被困在玻璃宫殿里的鱼，被周围的环境所禁锢，失去了自由。

愿

如果是一朵凡间之花
愿是凌寒绽放紫梅
任凭风雪掩埋香魂

用紫梅比喻不怕困难、坚守自我的人，哪怕被艰难打倒，也不改高洁本性。

铺路人

步步摸索行，镐凿坎坷路
痕印凝心血
——换得他人满载途

用“铺路人”比喻那些默默付出、不畏艰辛的奉献者，他们历经辛苦、耗尽心血，只为让他人能顺利前行、收获成果。

奠基石

默默奉献
托举繁华不问去留
或沉地底，或化尘，初心依旧

用“奠基石”比喻那些默默付出、无私奉献的人。他们不计较个人得失，全力托举他人成功、事业繁荣，哪怕最终被遗忘、处境艰难，也始终坚守初心，不改奉献本色。

笑中刀

堆满眼角笑皱
前面与你握手，背后刃光游走
无声藏着生死赌局的秘咒

“笑中刀”比喻那些表面对你满脸笑意、态度友好，实则心怀恶意、暗藏算计，甚至会在背后捅你一刀的人，揭露了这类人表里不一的危险本质。

错位

地铁弦音空巷冷
剧院笙歌人潮涌
同指落，两重景

这首诗暗喻同一个人在地铁里演奏时，周遭空荡冷清；而在剧院演奏，却满是热闹繁华。同样的演奏动作（同指落），在不同场所引发天差地别的场景，借此表现环境对人的境遇和受到关注程度的巨大影响。

叹

妙笔藏锋无人问
庸词噪耳却扬名
沙埋金，土扬尘，造化弄人

“妙笔藏锋”暗喻有真才实学却无人赏识的人或作品。“庸词噪耳”暗喻空洞无物却广受欢迎的人或作品。“沙埋金”比喻有才者被埋没，“土扬尘”比喻平庸者却能风光得意，借此感叹命运对人的不公。

迷思

陌客看拙文即弃掷
粉丝却把片言捧作宝
同样墨痕，两般际遇

暗喻现实里人们常因身份、名气，而非内容本身，来决定对作品的重视或轻视。

拒之罚

做违心事说“不”
就得赔笑周旋
“品德差”的帽子，冷扣眉间

拒绝做违心的事，却要被迫赔笑、四处周旋，甚至还会被无端指责“品德差”，遭受不公正对待。

拒后局

学会说“不”那刻起
已知恶语如箭、情义尽断
早备下孤勇，独面蜚言

从学会拒绝那一刻起，就知道会被恶语中伤、失去情谊，但早已怀着孤勇，准备独自面对那些流言蜚语。

难悟

生活如卷难参透

困入迷宫寻尽头
步步沙途一孤舟

把生活比作试卷、迷宫，难懂又容易让人迷茫；把人生路比作沙途，把自己比作孤舟，体现艰难和孤独。

缘遇

天地浩渺无尽头
偏教孤鸿共渡舟
宿愿终成今世缘

在广阔无边的天地间，两个孤独的个体意外相遇、相伴，长久心愿终于达成今生珍贵的缘。

织安

蜘蛛垂丝一隅忙
千回编就护心墙
莫疑密网为防伤

蜘蛛织网暗喻人在生活中努力构建自我保护的屏障或心灵寄托。蜘蛛千回百转织网，就像人在生活中通过各种方式来为自己营造一个能获得安全感、内心安宁的空间……

文思困旅

灵感忽至涌诗泉
苦索穷思日未见
字海难捞半句鲜

此诗展现了创作过程中灵感获取的不确定性与文字创作的艰难。感叹灵感难得、佳句难寻，创作之路充满艰辛与困境。

后 记

我从小就有一个作家梦，出一本书。长大后，它就成为我人生路上追逐的远方。我酷爱文学作品，饱览中外名著。我刻苦研究汉语语法、修辞等。考进大学之后，中文这一块略胜其他学科。不知道从哪天起，我爱上了现代诗创作，发展到如痴如醉的程度。睁眼触诗，阖眸梦诗；行途念诗，握笔赋诗；青山凝诗，翠野蕴诗；薄雾藏诗，惊雷绽诗；寒雨酿诗，严霜铸诗；繁花裁诗，万物皆诗；愁绪化诗，欢颜入诗；彷徨成诗，信念为诗；遐想绮诗，感悟组诗。也不知道从哪天起，我走上了古诗词创作道路，进有关学校学习、研究。我常常为推敲一个字，夜不能寐。

我写的诗，虽也合录于其他书中。但是，却没有属于自己的一本书。经好友严国基老师、胡永明老师的引荐，认识了出版家唐根华老师。在他热情鼎力支持下，我终于圆了出书之梦。

在此，让我对上海文艺出版社责编徐如麒先生、毛静彦女士，还有唐根华、严国基、胡永明、陈剑云、陈剑玲等表示最诚挚的感谢。

陈剑萍

2025/07/18